We Have Always Lived in the Castle

我们一直住在城堡里

SHIRLEY JACKSON

[美] 雪莉·杰克逊 著

[美] 乔纳森·勒瑟姆 导读

金逸明 译

上海译文出版社

导　读

雪莉・杰克逊城堡内（外）的人生

乔纳森・勒瑟姆 [1]

十几二十年前，我常跟人玩这样的一个小把戏；我好奇它是否依然奏效。当有人问我，我最喜欢的作家是谁时，我会说"雪莉・杰克逊"，并预计大部分人会说他们从来没听说过她。这时，我便会装模作样、洋洋得意地回答："你读过她的作品的。"当我的谈话者表示怀疑时，我就会描述《抽彩》[2]——它依然是历史上入选文集次数最多的美国短篇小说，我打赌，肯定也是《纽约客》发表的最具争议和最受声讨的处女作——不出所料，几秒钟内我的"受害者们"就会惊讶地瞪大眼睛：他们不但读过它，而且永远都忘不了它。然后，大家夸我懂"读心术"，我便会欣然接受这种称赞，虽然这个小把戏实在是太过简单了。但我不认为它会失效。

杰克逊是美国小说界一种难以言说的存在，她的成就太重要

---

① 乔纳森・勒瑟姆，美国作家，曾以小说《布鲁克林孤儿》获1999年美国书评人协会奖。

② 《抽彩》又被译为《摸彩》，是雪莉・杰克逊最著名的短篇小说，最初发表于1948年6月26日的《纽约客》，是美国文学史上最著名的短篇小说之一，也是美国高中阅读课必读的短篇小说。

了，所以不能把她称为文学界的幽灵，她的作品依然在出版销售中，所以谈不上"被重新发掘"，然而她就这么隐匿在众目睽睽之下。她既始终被低估，又始终被错误地归类为一个写高档恐怖小说的作家，事实上，她的作品中只有一小部分包含了超自然的元素（亨利·詹姆斯写了更多的鬼故事）。尽管她在写作生涯中始终受到评论者们的赞扬，但她从未被欢迎进入任何经典或流派；她不是任何主流批评家的心头之好。杰克逊技艺上佳，备受阅读她的作家们的激赏，但称她为一名"作家眼中的作家"却显得太自以为是了。其实，雪莉·杰克逊自发表作品以来，就是一名成功的"读者眼中的作家"。她最著名的作品——《抽彩》和《邪屋》①——比她本人更出名，而且已经作为永恒的艺术品融入了大众的文化记忆，它们似乎比实际要显得古老，像神话或原型一样让人产生共鸣。她的作品犹如民间传说般为人所熟知，哪怕是她相对不出名的作品：《查尔斯》②和《有花生的寻常一天》③（你读过这两个故事中的一个，虽然你不一定记得），以及她最后的一部长篇小说《我们一直住在城堡里》。

尽管杰克逊轻描淡写地间接解释过她的生活和艺术创作中的巫术元素（早期一则印在她的书勒口上的作者生平曾把她称为"一名身体力行的业余女巫"），但她的主要题材则恰恰是超自然灵

---

① 《邪屋》是雪莉·杰克逊1959年发表的小说，曾入围当年美国国家图书奖，被视为20世纪文学史上最好的鬼故事之一。
② 《查尔斯》是雪莉·杰克逊的短篇小说，最初发表于1948年的《佳人》杂志。
③ 《有花生的寻常一天》是雪莉·杰克逊的短篇小说，最初发表于1955年1月的《奇幻与科幻小说杂志》。

异的反面。她的作品——六部完成的长篇小说和二十多篇风格强烈的短篇小说——其不可否认的永恒核心却是一种漫无边际、触手可及、来源于日常生活的邪恶，种种平凡的人类完形 ① 构成了这些故事的病态背景底色：一座村庄，一户人家，一个自我。她挖掘出常态中的恶毒，记录编目从众和压抑是如何沦为精神错乱、迫害和偏执，转变成残忍、受虐和自残。像阿尔弗雷德·希区柯克和帕特丽夏·海史密斯一样，杰克逊的主旨是共谋和否认，以及在人与人之间奇怪流动的内疚。她的作品犹如一部此类状态的百科全书，而且能让她的读者产生一种共谋感，无论他们是否喜欢这种感觉。当然，这点在《抽彩》所引发的惊人反响中得到了最充分的体现：一包包谴责故事"令人作呕""变态"和"恶毒"的仇恨邮件，无数取消订阅的要求，还有让杰克逊永远也不要去加拿大的警告。

以《抽彩》宣告了她创作的主旋律后，杰克逊在发表《抽彩》前刚刚完成的第一部长篇小说《穿墙而过的路》② 问世了——杰克逊致力挖掘内心深处让她自己感到恐惧的感觉，并从内部对它们发起探索。杰克逊的传记作者朱迪·奥本海默 ③ 说，在杰克逊太

---

① 完形（configuration）是完形心理学（格式塔学派）的一个术语，该心理学流派认为人脑对事物的感知是一个完整的整体，且这个整体不等于简单的部件总合。

② 《穿墙而过的路》是雪莉·杰克逊于1948年发表的长篇处女作，小说以她儿时在加州伯灵格姆成长的经历为原型，描述了加州卡布里奥"胡椒街"上的一个中产阶级社区，社区里的居民都自视甚高，实际上却思想狭隘。

③ 朱迪·奥本海默1989年出版第一本关于雪莉·杰克逊的传记，名为《心魔：雪莉·杰克逊的人生》（*Private Demons：The Life of Shirley Jackson*）。

过短暂的人生的最后阶段，作者几乎完全沉沦在怀疑和恐惧之中，尤其是一种悲惨且不可理喻的"广场恐惧症"①——这有点像是对她自身角色的可怕嘲弄，无论是在实际生活里，还是在她文风轻快、埃尔马·邦贝克②式的畅销书《与野人同居》和《抚养恶魔》中，她都是一名家庭主妇。然而，无论杰克逊在人生的最后阶段是多么痛苦，她的作品却变得越发凝重，从《抽彩》对狡诈权威的揭示逐渐沉淀蜕变为呈现道德的暧昧、情绪的不安和自我审视。她的长篇和短篇小说变得越来越怪异和个人化，也越来越有趣，《我们一直住在城堡里》是这个转变的顶点，我认为它是杰克逊的一部杰作。

《抽彩》和《我们一直住在城堡里》互相交织的主题就是发生在新英格兰小镇里的迫害；两者中的小镇，都颇具辨识度，被认为是佛蒙特州的北本宁顿③。杰克逊在那里度过了她的大部分成人岁月，她是文学批评家斯坦利·埃德加·海曼④的妻子，斯坦利在附近的本宁顿大学教书。在很大程度上而言，杰克逊到佛蒙特州时就已经分身两人。一个人是战战兢兢的丑小鸭，成长过程中被一个对礼仪偏执的市郊母亲⑤吓坏了。这一半的杰克逊是她从

---

① 广场恐惧症（agoraphobia）是一种心理疾病，患者在陌生的公共场合会感到极度的焦虑和恐惧。

② 埃尔马·邦贝克是美国著名的幽默作家，从1960年代中期直至1996年去世前，她写了大量描绘美国市郊家庭生活的报纸专栏，极受读者的欢迎。

③ 北本宁顿是佛蒙特州本宁顿郡本宁顿镇里的一个小村子。

④ 斯坦利·埃德加·海曼是美国20世纪四五十年代颇具影响力的文学批评家。他跟杰克逊在1940年结婚，一起生育了四个子女。

⑤ 美国经济状况良好的家庭一般都居住在市郊的住宅区，贫民窟则一般位于内城区。

一开始就才华横溢地写进短篇和长篇小说里的鲜活人物：一个羞涩的姑娘，个性难以捉摸。杰克逊的另一半是孤傲的叛逆者，她与海曼的婚姻让她不再害羞——海曼本身就是一个滔滔不绝的自负之人，典型的 1950 年代纽约犹太知识分子，养育四个吵闹的高需求小孩所带来的内在震撼也让她无法沉默。小镇害怕和厌恶这个雪莉·杰克逊，偶尔甚至迫害她，最后这点取决于你相信哪一个版本的故事。小镇居民对大学有种天然的排斥，作为古板狭隘乡村里的一名怪异新来者，杰克逊注定要承受大家的反犹和反智态度。乡下人的敌意帮助成就了杰克逊的艺术创作，这一过程最后产生的反作用是，后者的成功助长了前者的敌意。《抽彩》取得丑闻般轰动的成功之后，小镇上便有了一个几乎肯定是假的传说，说的是杰克逊有一天被小学生们扔石头攻击，然后她就回家写了《抽彩》的故事。（大揭秘：1980 年代初我曾在北本宁顿住过几年，跟杰克逊在二十年前有过节的几个当地人依然在镇广场上闲逛，《抽彩》的传奇故事正是发生在那里。）

在《我们一直住在城堡里》一书中，杰克逊再度写到迫害，这一次她在强劲的笔力中融入了一些欢欣的情绪，把故事从客观的社会批评领域抽离出来，变成了一则个人寓言。杰克逊用了一个她从开始写作便致力完善的策略，即把她自己的方方面面投射到同一个故事里的不同人物身上，杰克逊把她自我的两半委派给了古怪"残缺"的两姐妹：姐姐康斯坦丝·布拉克伍德，过分敏感，整日担惊受怕，不能出门；妹妹玛丽凯特·布拉克伍德，则是一个任性、精力充沛且爱好恶作剧的人，她了解自然，适应四季更迭，习惯于死亡，显然是毒死布拉克伍德家族所有其他成员（除了朱利安叔叔）这桩未破罪案的元凶。

三名幸存者——康斯坦丝、玛丽凯特和虚弱却忙于起草书稿的朱利安叔叔——一起住在他们位于小镇外围的大房子里，反复重温过去的创伤，不断抵制变化，始终回避对自我的认知。康斯坦丝严格按时烧饭打扫，仪式般地纪念着已经消逝的过往家庭生活；玛丽凯特则在树林里实施她的魔法，去危机四伏的镇中心购物，在那儿与村里小孩们的恐怖嘲笑作战，小孩们把布拉克伍德家的下毒案编成一个节奏单调的校园传奇故事到处宣扬。朱利安叔叔全靠康斯坦丝的照顾，他一直在慢慢地写书稿，一部家庭历史，试图以此来理解那桩让他的小世界家破人亡的事件。朱利安有点像是小说读者们的代言人，他提出问题（"为什么砒霜没有被放在兔肉里？"），并提供对问题的推测（"我的侄女不是一个狠心的人；此外，当时她以为我也是他们中的一个，尽管我该死——我们都该死，难道不是吗？——我觉得轮不到我侄女来指出这点。"），这引发了我们对事件的好奇心，玛丽凯特，我们的叙述者，似乎特别急于忘掉这些事件。

玛丽凯特的叙事语态——不加修饰，肆无忌惮，剃刀般尖锐——是本书的成功之处，也是贯穿这个欢乐解体的小寓言的主线。虽然玛丽凯特在全书第一段就说明自己十八岁，但她感觉上年纪更小，她的语态类似于卡森·麦卡勒斯《婚礼的成员》中的弗兰琪①，或查尔斯·波蒂斯《大地惊雷》中的玛蒂②：一个典型的没有性经验的野丫头。不过，玛丽凯特要令人不安许多，正是因为她已经是一名成年女子了；正在她体内升华的东西不再会被青春期化解。的确，杰克逊的特点就是，书里几乎完全不会写到性，因而不用说，性的缺失却让性无处不在。

这是一个平静被打破的故事，原本布拉克伍德家剩下的三个人犹如壁缘③上的雕像，在大房子里过着静谧的日子。玛丽凯特把她的家庭变成了一潭死水，家庭成员就像她钉在树上的书，永远都无人阅读。堂哥查尔斯到来时，显然是为了寻找布拉克伍德家隐藏的财富（不过跟书里的其他每样东西一样，钱财像是一封失窃的信④，就藏匿在大家的眼皮底下），他带来的一波混乱却并非完全是他自私的谋财任务所导致的。当朱利安叔叔提到他们的年龄时，他把我们引到了一种猜想的边缘：堂哥查尔斯三十二岁，康斯坦丝二十八岁。没有人——玛丽凯特尤其是不可能——会说康斯坦丝类似于艾米莉·狄金森，靠一丝不苟地操持家务、庇护残疾的叔叔和危险的妹妹来淹没她的性欲，但毫无疑问，查尔斯

① 《婚礼的成员》是美国女作家卡森·麦卡勒斯1946年发表的小说。弗兰琪是小说的主人公，一个生活在南方小镇、没有朋友的12岁小女孩，她整日幻想着参加自己哥哥的婚礼，并跟他们一起去阿拉斯加度蜜月。
② 《大地惊雷》是美国作家查尔斯·波蒂斯1968年出版的西部小说，讲的是主人公玛蒂回顾自己14岁时深入印第安人的领地追踪杀父凶手的复仇故事。
③ 壁缘（frieze）是一个建筑学名词，指的是古典建筑柱石横梁与挑檐之间饰有浮雕的部分，常见于各种希腊神庙。
④ 爱伦·坡写过一则短篇小说就叫《失窃的信》，故事中一封被高额悬赏的失窃信没有像人们想的那样被藏在任何隐秘的地方，而是被插在一个大家一眼就能看到的廉价卡片架上。

真正象征的是：男性原则。（朱利安叔叔显然是娘娘腔，可能还是同性恋——可以确定的是，正是因为他毫无威胁性，他才被允许在下毒案中存活下来。）

玛丽凯特娴熟于交感巫术①，她用自然界人类存在前的原始元素来对抗自然发展规律所带来的危险：先是把泥土和树叶撒在查尔斯的床上，然后是放火——把女性的堡垒烧成灰烬，也比让它被侵犯要好。在消防员抵达大宅救火的场面（"男人们拖着消防软管，大脚踏进我们的门槛，把污秽、混乱和危险带入我们的房子""彪形大汉们从前门闯进去""在我们前门进进出出的黑色身影"）中挖掘出一番弗洛伊德式的潜台词是轻而易举的一件事——就像在亨利·詹姆斯的文字中挖掘弗洛伊德式的潜台词一样简单。从奥本海默写的传记中，我们了解到雪莉·杰克逊严厉反对这类诠释，亨利·詹姆斯肯定也会反对，但我们却可能应该代表他们这么做。问题不是杰克逊的叙述没有嵌入这个题材；问题在于这个题材的内嵌具有本能的诱导性和复杂性，是很多层意思中的一层，于是把这种诠释宣扬为理解如此细腻文本的关键会背离它原本丰富的模糊性。这本书里，性并不是唯一被升华的主题。另一个被升华的是伟大的美国禁忌——阶级地位：在《抽彩》里，潜在的阶级蔑视被冷静地具体化；《我们一直住在城堡里》一书中，奇怪的布拉克伍德一家意识到他们对村子

---

① 交感巫术（sympathetic magic），又称"模拟巫术"，是一种基于模拟和对应的巫术，通过使用跟人和事物相似或意义相关的物件来施法。

的不屑一顾，也意识到他们所遭受的迫害证实了他们高贵的自我形象。

这种双重认罪是杰克逊构思的典型圈套：对她笔下的很多人物而言，沉溺于伤害之中是一种狂喜，遭受放逐、远离墨守成规的乏味群体——或家庭——不仅暗示着道德上的胜利，而且是一种波希米亚式的高人一等：我们一直住在城堡里（外），我们不想要任何其他生活方式。杰克逊，作为一位有名的母亲和一个痛苦的女儿，也把一个未解决的育儿争论像密码一般写进了她的小说里。在最危急的时刻，玛丽凯特撤退到了凉亭，想象她被谋杀的父母重新坐在家庭餐桌边，他们纵容她："玛丽·凯瑟琳应该拥有她想要的一切，亲爱的。我们最爱的女儿，必须拥有任何她喜欢的东西……玛丽·凯瑟琳永远也不该受罚……玛丽·凯瑟琳必须被保护和珍爱。托马斯，把你的晚饭给你的姐姐吃，她想要再多吃一点……向我们钟爱的玛丽·凯瑟琳低头致意。"

这个场景有一种复杂的恐怖感，因为我们怀疑这些幻想既是消遣，也是对过往现实的重温。在别处，朱利安叔叔自言自语说，不知道太过受宠的玛丽凯特是否有良心。这个主题把《我们一直住在城堡里》跟二十世纪中叶那波隐含女权主义的"恶魔儿童"故事联系在一起，比如《坏种》① 和《罗斯玛丽的

---

① 《坏种》是美国作家威廉·马奇在 1954 年发表的小说，讲述了一位母亲意识到自己看似甜美可人的 8 岁小女儿可能是几桩罪案的元凶的故事。

婴儿》①，还有以两姐妹为主角的恐怖电影《兰闺惊变》②。但杰克逊的这本书更像是被品特或贝克特改写过的《坏种》——的确，杰克逊把人生视为一座衰败城堡中的无谓传承，这让人想起两幕戏剧《快乐的日子》③中的前后对比，贝克特的维妮先是被焦土埋到腰，然后又被埋到脖子，但她自夸道："正是这点让我感觉好极了。人改变自我适应环境的能力。人定胜天。"随着康斯坦丝和玛丽凯特的世界逐渐缩小，她们变得越发叛逆自我，随着威胁元素被彻底清除，她们的城堡越来越像一个精确代表（双重）自我的模型。最后当村民们忏悔他们的残忍，并开始在城堡门口的台阶上留下做好的饭菜和烘焙点心作为礼物时，局面成了玛丽凯特在凉亭里的假想的真实写照——只是这一次，摆在她脚下的献祭是现实，而非虚构。众人示好，为玛丽凯特加冕。她的帝国重回静滞。

---

① 《罗斯玛丽的婴儿》是艾拉·莱文 1967 年发表的小说，是 1960 年代最畅销的恐怖小说。主人公罗斯玛丽和丈夫搬进新公寓后，她发现自己的邻居是一个邪恶巫师集团的首领，自己的丈夫也在邻居的影响下变得越发怪异。罗斯玛丽怀孕后一直怀疑邻居计划偷走她的孩子，以献给魔鬼，但包括她丈夫在内的人都不相信她的怀疑。最后，罗斯玛丽发现自己所怀的并不是丈夫的孩子，而是魔鬼的孩子。
② 《兰闺惊变》是 1962 年的一部美国恐怖片，改编自亨利·法洛 1960 年的小说，讲述了过气童星"宝贝简"把下半身瘫痪的姐姐布兰奇囚禁在豪宅里的故事。当时好莱坞的两大女星贝蒂·戴维斯和琼·克劳馥分别饰演简和布兰奇，两位女星间的激烈竞争关系也是影片最初大获成功的原因之一。
③ 《快乐的日子》是著名剧作家塞缪尔·贝克特写的一个两幕荒诞剧，首演于 1961 年，维妮是里面的女主人公。

我们一直住在城堡里

一

　　我叫玛丽·凯瑟琳·布拉克伍德。今年十八岁，我和姐姐康斯坦丝一起生活。我经常在想，要是我更走运一点的话，我可能生下来就是狼人了，因为我两只手的中指完全一样长，但我必须学会知足。我不喜欢洗澡不喜欢狗也不喜欢噪音。我喜欢我的姐姐康斯坦丝，喜欢理查·金雀花，也喜欢"毒鹅膏"——就是毒蘑菇"死帽蕈"。我家的其他成员全都死了。

　　我最近一次浏览厨房架子上的图书馆书籍时，它们都已经逾期五个多月了，假如我早知道这些是我们从图书馆借的最后一批书，它们将永远留在我们厨房的架子上，我不知道自己是否会选择借些不同的书。我们极少挪动东西；布拉克伍德从来都不是一个不安分的活跃家族。我们打交道的都是暂时放在外面的小物品，比如书籍、鲜花和勺子，但在这些之下我们的生活始终是一种稳定的固守。我们总是把东西物归原位。我们掸灰清扫桌椅、床铺、照片、小地毯和灯座下面，但我们不会挪动它们；我们母亲梳妆台上的那套玳瑁梳妆用具的摆放位置从来都是分毫不差。布拉克伍德家族一直居住在我们的房子里，他们的生活总是井井有条；新嫁入布拉克伍德家族的女人一搬进来就会有一个放她自己东西的地方，所以我们的房子承载着一代又一代布拉克伍德家族的资产，这些资产让我们的房子在这世上岿然不动。

我是在四月底的一个星期五从图书馆把这些书借回家的。星期五和星期二是很糟糕的日子，因为我必须去村里。总得有人去图书馆和食品杂货店；康斯坦丝从来不会去她自己花园之外的地方，朱利安叔叔则出不了门。所以让我一周两次去村里的不是自尊，甚至也不是固执，我只是单纯出于对书籍和食物的需求。我在回家前总会去史黛拉店里喝一杯咖啡，这或许是出于自尊；我告诉自己这是为了自尊，于是不论我是多么想立刻回家，我都不会不去史黛拉的店，但我也知道假如我不进去的话，史黛拉也会看到我经过她的店，她可能认为我在担心害怕，这个想法让我无法忍受。

　　"早上好玛丽·凯瑟琳，"史黛拉总是一边说一边伸手用一块微湿的抹布擦拭台面，"你今天好吗？"

　　"很好，谢谢。"

　　"康斯坦丝·布拉克伍德呢，她好吗？"

　　"很好，谢谢。"

　　"那么**他**怎么样？"

　　"和你想得一样好。黑咖啡。谢谢。"

　　假如其他任何一个人走进来在吧台边坐下，我会看起来不急不忙地留下咖啡，对史黛拉点头道别后离开。"保重。"她总是在我往外走时习惯性地说。

　　我从图书馆借书时挑选得很仔细。我们家里也有书，当然了；我们父亲书房的两面墙都被书籍盖满了，但我喜欢童话和历史书，康斯坦丝喜欢看关于食物的书籍。虽然朱利安叔叔从来都不看书，但他喜欢看到康斯坦丝在晚上看书，他会在旁边整理他自己的各种文稿，有时抬头看看她并点点头。

"你在看什么，亲爱的？淑女看书是一幅赏心悦目的画面。"

"我在看一本叫《烹饪艺术》的书，朱利安叔叔。"

"真棒。"

当然，朱利安叔叔在房间里时，我们从来都不会安静地坐很久，但我记得我和康斯坦丝从来都没看过那些从图书馆借来的、至今依然摆在厨房架子上的书。那是一个美好的四月早晨，我从图书馆里走出来；明媚的阳光奇怪地穿透了弥漫在村子里的污秽，到处都是一派春天就快来了的宜人假象。我记得自己拿着书站在图书馆的台阶上，花了片刻搜寻天空映衬下树枝间的那抹柔和嫩绿，跟惯常一样希望自己能从天上回家不用穿过这个村庄。走下图书馆的台阶，我可以直接穿过马路，在对面一路走到食品杂货店，但那意味着我必须经过综合商店以及坐在店门口的那些男人。在这个村庄里，男人们青春永驻负责嚼舌根，女人们则逐渐衰老白发丛生浑身透出一种邪恶的疲惫，她们默不作声地站在那里等待男人们起身回家。我也可以离开图书馆，在马路这边一直走到食品杂货店的对面，然后再穿马路；这条路线更好一点，但这会让我经过邮局和罗切斯特宅邸，后者堆满了生锈的罐子、破汽车、空煤气罐、旧床垫、卫生洁具和洗衣盆，这些破烂都是哈勒一家捡回来的——而且我真心相信他们还把它们当成宝来着。

罗切斯特宅邸是市区最漂亮的房子，曾经有一个贴着胡桃木护墙板的藏书室，二楼曾有一个宴会厅，游廊里还曾种满了玫瑰

5

花；我们的母亲出生在这里，按理说这房子本应该属于康斯坦丝。一如往常，我判定还是经过邮局和罗切斯特宅邸的这条路更加安全，虽然我不喜欢看到我们母亲出生的地方。街道的这一边早晨一般都没有人，因为它背阳为阴，而且去了食品杂货店后，我回家怎么也得再次经过综合商店，来回经过两次显然是超越了我的忍耐极限。

在村子外面的"山丘路""河流路"和"老山路"上，克拉克和卡林顿之类的家庭在那儿造了他们漂亮的新房子。他们必须穿过村子才能走到"山丘路"和"河流路"，因为村子的主干道也是州内高速路的一部分，但克拉克家的小孩和卡林顿家的男孩们念的都是私立学校，"山丘路"上各户人家厨房里的食材也都是从镇上或城里买来的；整条"山丘路"上的住户都是开车去村里的邮局取信，但"老山路"上的人则是去镇上寄信，"河流路"上的人去城里剪头发。

村民们都住在主干道或外面"小溪路"上肮脏逼抑的房子里，当克拉克和卡林顿家的人开车经过时，村民们会冲他们微笑、点头和挥手致意，这点一直让我很困惑；如果海伦·克拉克的厨师忘了买一罐番茄酱或一磅咖啡，海伦自己去"埃尔伯特食品杂货店"买一下的话，每个人都会跟她说"早上好"，还会说今天天气变好了。克拉克家的房子更新一点，但品质并没有比布拉克伍德家的房子更好。我们父亲买回家的钢琴是村里有史以来的第一架。卡林顿家族拥有造纸厂，但高速路和河之间的所有土地都是布拉克伍德家的。"老山路"上的谢泼德家族给村子建了一个市政厅，那是一栋白色的尖顶房子，坐落在一片绿色的草坪上，门口还摆着一架大炮。一度曾有消息说要在村里执行土地分区管理法，拆除"小溪路"上的破旧房屋，翻修整个村庄以匹配这个市政厅，但从来没有一个人动过一根手指；或许他们以为真这么做的话，布拉克伍德家的人就会开始去参加市政会议。村民们在市政厅申领他们的狩猎和钓鱼许可证，每年一次，克拉克、卡林顿和谢泼德家的人会出席市政会议，庄严地投票要求哈勒家的废品旧货站从主干道上搬走并拆除综合商店门口的长椅，每年村民们都兴高采烈地以更多票数否决他们的提议。过了市政厅往左走是"布拉克伍德路"，就是回家的路。"布拉克伍德路"沿着布拉克伍德家的土地四周绕了一大圈，"布拉克伍德路"两旁的每一寸都竖着我们父亲建的铁丝栅栏。离市政厅不远的地方有一块巨大的黑色岩石，它标记着一条小径的入口，我打开小径上的一道门，通过后再把门锁好，穿过树林，我就到家了。

这个村子里的人一直都恨我们。

我去买东西时会玩一个游戏。一个儿童游戏，棋盘上画着一个个小格子，每一个玩家按照掷骰子的结果移动；你总是会遭遇"危险"，比如"失去一次掷骰子的机会""倒退四格"和"回到起点"，你也会碰到一些小"协助"，比如"前进三格"和"额外多掷一次骰子"。图书馆是我的起点，黑岩石是我的终点。我必须沿着主干道的一边一直走，穿马路，然后沿着街的另一边一直走，走到黑岩石，我就赢了。我的开局不错，沿着主干道空旷的一边顺畅安全地前行，或许今天会是个绝佳的日子；有时候是这样的，但春季的早晨经常没有这么美好。如果这是个绝佳的日子，我之后会祭出首饰以示感激。

开始时我走得很快，一鼓作气往前走，不东张西望；我手里拿着从图书馆借来的书和购物袋，我看着自己的双脚交替前移：两只穿着我们母亲棕色旧皮鞋的脚。我能感觉到有人从邮局里盯着我看——我们不接收邮件，我们也没有电话；这两件事在六年前变得难以忍受——但我可以忍受来自邮局内的短暂注视；瞄我的是达顿女士，她从来不像别人那样公然地朝外盯着我看，而只是从百叶窗之间或窗帘后面观察我。我从来都不会瞥一眼罗切斯特宅邸。想到我们的母亲是在那儿出生的，我无法忍受。我有时会好奇哈勒家的人是否知道他们住的房子本应该属于康斯坦丝；他们的院子里总是充斥着碾压马口铁器皿的噪声，以至于他们听不到我经过。或许哈勒家以为永无休止的噪声可以驱魔除鬼，或许他们爱好音乐并觉得这种噪声悦耳动听；或许哈勒一家的室内生活就跟他们在户外时一样，坐在旧浴缸里，把一辆破福特车的框架当餐桌，用破盘子吃晚饭，边吃边摇罐头，大喊大叫地交谈。哈勒家住的地方，门前的人行道上总是笼罩着一团尘垢。

接下来是穿马路（失去一次掷骰子的机会），走向马路正对面的食品杂货店。车来车往，在马路的这一边，暴露在光天化日下，让我感到很脆弱，我总是踌躇不前。开在主干道上的多是过路车，这些汽车或卡车穿过村子是因为高速路打此经过，所以司机们几乎不会看我一眼；假如司机恶心地瞥我一眼，我就知道那是一辆本地车，我总是好奇假如我从路牙子上下来、走到路上，会发生什么；车子会不会几乎不经意地冲我转来？可能只是为了吓唬我，只是为了看我跳一下？接着是从四面八方传来的笑声，邮局的百叶窗后，综合商店门口的男人们，在食品杂货店门口朝外偷看的女人们，所有的人都会兴高采烈地围观，看玛丽·凯瑟琳·布拉克伍德急忙躲避汽车。有时我失去两次甚至是三次"掷骰子的机会"，因为我会小心翼翼地等待路的两个方向上都没有车后才穿马路。

　　走到马路中间时，我从阴影下走出来，走进明媚却迷惑人的四月阳光里；到了七月份，马路表面会因为炎热的天气而变软，我的脚会被粘住，这让穿马路变得越发危险（玛丽·凯瑟琳·布拉克伍德，她的脚被柏油粘住，哆嗦地被一辆车碾过；后退，一直退到起点，重新开始），建筑物也会变得越发丑陋。这个村子的一切都是一个整体，属于一个时空，呈现一种风格；仿佛这些人需要这个村子的丑陋，并以此为依靠。房屋和商店似乎都是在轻蔑的匆忙中建起来的，只为了给枯燥乏味的讨厌鬼们提供遮风挡雨的地方，罗切斯特宅邸和布拉克伍德家的房子乃至市政厅，可能都是来自某个人们优雅生活其中的遥远美好国度，是被偶然带来这里的。或许那些精致的房子都是被俘虏的，村子就是它们的监狱——可能是对罗切斯特和布拉克伍德两家的惩罚，惩罚他们隐秘的坏心眼？或许那些精致房子的缓慢破败，证明了村民们的丑陋。主干道上的这排商店都是不变的灰色。拥有这些商店的人，就住在店铺上面二楼的那一排公寓里，二楼那一行整齐的窗户，

9

挂的窗帘都是毫无生气的暗淡颜色；在这个村子里，任何多姿多彩的企图都会快速地沉沦。村子的破败从来都不是因为布拉克伍德家族；村民们属于这里，这个村子是唯一适合他们的地方。

朝这排商店走的时候，我总是会想到腐烂；我想到这种灼烧着从内往外蚕食一切、让人极其难受的邪恶腐烂，感觉痛彻心扉。我希望村子就这样腐烂掉。

我有一张食品杂货的购物单；每周二、周五我出门前，康斯坦丝会替我列好单子。村子里的人极度厌恶我们总是有钱想买什么就买什么的事实；当然，我们已经把钱从银行里都取出来了，我知道他们议论藏在我们家里的钱，仿佛它们是一大堆金币，仿佛康斯坦丝、朱利安叔叔和我，每天晚上空下来就忘掉从图书馆借来的书，而是玩这堆钱，把手插进钱堆里又从另一头把手抽出来，清点、堆砌又弄乱它们，坐在紧锁的房门后寻开心。我可以想象村里有很多烂了心的人在觊觎我们的金币堆，但他们都是懦夫，他们害怕布拉克伍德家的人。我从购物袋里拿出购物单时，我也会同时拿出钱包，这样食品杂货店的老板埃尔伯特就知道我带了钱，他就不能拒绝卖东西给我。

无论谁在食品杂货店里当班都毫不重要。我总是被立刻接待；埃尔伯特先生或他那肤色苍白的贪婪老婆，无论他们在店里的哪个角落，都会立刻跑出来给我拿我要的东西。有时候如果他们的大儿子趁学校放假在店里帮忙，他们会赶紧冲过来，确保他不是接待我的那个人。有一次一个小女孩——当然她是一个初来乍到的小孩——在店里走近我，埃尔伯特夫人把她拉回去，动作猛得让小女孩尖叫起来，接着有好一会儿店里都没人出声，直到埃尔伯特夫人吸了一口气说："还要其他什么东西吗？"当小孩走近时，我总是拘谨地站得笔直，因为我怕他们。我怕他们会来碰我，然后他们的妈妈就会像一群伸出爪子的老鹰一样来攻击我；这个画面总是出现在我的脑海里——鸟俯冲下来袭击，利爪深深地切开我的皮肉。今天我要替康斯坦丝买很多东西，看到店里没有小孩，也没有多少女人，让我松了一口气；多掷一次骰子，我想，然后我对埃尔伯特先生说："早上好。"

他对我点点头；他不能彻底不向我问好，可店里的女人们都在看着。我转身背对她们，但我可以感觉到她们站在我的后面，手里拿着一个罐头、一袋装得半满的饼干或一颗生菜，不愿移动，等我再度穿过店门出去后，一波波的谈话才会开始，她们才会重新回到她们自己的生活中。唐尼尔夫人在店堂后部的某个地方，我进来时看到她了，跟以前一样，我怀疑她是不是知道我会来，才特地过来的，因为她总是试图说些什么；她是极少数会开口的人之一。

"一只烤鸡。"我对埃尔伯特先生说，他那贪婪的老婆在店的另一边，打开冰冻箱，拿出一只鸡，开始把它包起来。"一小只羊腿，"我说，"我的叔叔朱利安总是喜欢在开春的头几天吃烤羊腿。"我明白，我本不该说这句话的，店里响起一阵无声尖叫般的喘息声。假如我对她们说出我真正想说的话，我可以让她们像兔子一般逃窜，我想，但她们会在店门外重新集合，在那里观察我。"洋葱，"我礼貌地对埃尔伯特先生说，"咖啡，面包，面粉，核桃，还有糖，我们的糖快用完了。"我身后的某个地方传来一阵惊恐的轻笑，埃尔伯特先生迅速地朝我身后扫了一眼，接着又看了看他排列在柜台上的商品。很快埃尔伯特夫人会拿来包装好的我的鸡和肉，把它们放在其他东西的旁边；在我准备好离开前，我都不需要转身。"两夸脱牛奶，"我说，"半品脱奶油，一磅黄油。"哈里斯一家六年前就停止给我们送乳制品了，我现在从食品杂货店买牛奶和黄油回家。"还有一打鸡蛋。"康斯坦丝忘记把鸡蛋写在购物单上，但家里只剩下两只鸡蛋了。"一盒花生脆。"我说。朱利安叔叔今晚会一边咔嗒咔嗒地嚼着花生脆，一边摆弄文稿，手指黏糊糊地去睡觉。

"布拉克伍德一家的餐桌上总是内容丰盛。"说话的人是唐尼尔夫人，她显然是站在我身后的某个地方，有人咯咯地笑起来，另一个人说"嘘"。我始终没有转身，感觉她们全部站在我的身后已经够受的了，不必再去看她们扁平发灰的面孔和仇恨的眼睛。我希望你们全部死掉，我想，并且渴望把这句话大声说出来。康斯坦丝说："永远别让她们看出来你在意；如果你关注她们，只会让情况变得更糟。"这很可能是真的，但我还是希望她们全部死掉。我希望某天早晨走进食品杂货店时，看到她们所有人，甚至包括埃尔伯特一家和小孩们在内，全都躺在那儿痛苦地哀号，垂死挣扎。接着我会自己去取我要买的东西，我想，踩在他们的身体上从货架上想拿什么就拿什么，或许踢一脚躺在地上的唐尼尔夫人，然后回家。对于自己有这样的想法，我从没有过任何歉意；我只是希望它们都能实现。"仇恨他们是错的，"康斯坦丝说，"这只会削弱你。"但我还是恨他们，并且怀疑这些人被创造出来，本来就是毫无价值的。

埃尔伯特先生把所有我要买的东西都摆在柜台上，看着我身后的远处，等待着。"今天我要买的全在这儿了。"我对他说。他看也不看我，就在一张纸条上写好东西的价格，加好总额，然后把纸条递给我，好让我确认他没有骗我。我总是故意仔细检查他写的数字，虽然他从不弄错；我可以做的回击他们的事情不多，但我尽力而为。我买的东西装满了我的购物袋外加旁边的另一个袋子，除了扛回家，没有其他把它们带回家的办法。当然，即使我允许，也没人会来帮我。

失去两次掷骰子的机会。拿着从图书馆借来的书和我买的食品，缓慢行走，我必须沿着人行道，经过综合商店，走去史黛拉的店里。我在食品杂货店门口停下来，在自己的内心搜寻一个可以让我感觉安全的想法。我的身后，小骚动和咳嗽开始了。她们又准备好说话了，站在店堂两边的埃尔伯特夫妇，大概正对视着彼此，转动眼珠松了一口气。我面无表情地板着脸。今天我要一边走路一边思考在花园里吃午饭的事情，我只会把眼睛睁开一条缝，能看到我走的路就行了——我们母亲的棕色皮鞋一上一下地朝前移动——在我的脑海里，我正在给餐桌铺上一条绿色的桌布，拿出黄色的盘子和装在白色碗里的草莓。黄色的盘子，我想，我边走边能感受到男人们盯着我看，朱利安叔叔会吃一只煮得很嫩的流黄白煮蛋，蛋里插一块烤面包，我会记得叫康斯坦丝在他肩膀上搭一块大披巾，因为现在还是早春。我不用看也知道他们正笑着对我指指点点；我希望他们全部死掉，希望自己正走在他们的尸体上面。他们极少直接跟我说话，只会互相说。"那是布拉克伍德家的小姑娘，"我听到他们中的一个拔高嗓子嘲讽地说，"布拉克伍德农庄里来的一个布拉克伍德家的小姑娘。""布拉克伍德家太惨了，"另一个人说，音量响得刚好让人听到，"布拉克伍德家的姑娘们真可怜。""那是一个很好的农庄，"他们说，"土地很适合耕种。耕种布拉克伍德家田地的人可以发财。假如有人能活一百万年，有三个脑袋，还不在乎长出来的是什么，那么这人就能发财。布拉克伍德家确实把他们的土地封锁得很牢。""有人可以发财。""布拉克伍德家的姑娘们真可怜。""从来没人知道布拉克伍德家的土地上会长出来什么。"

我正走在他们的尸体上面，我想象我们正在花园里吃饭，朱利安叔叔披着他的披巾。在这附近我总是很小心地拿着我买的食品，因为某个糟糕的早上我曾把购物袋掉在地上，鸡蛋碎了，牛奶洒了，我在他们的叫喊声中尽量把东西都拾起来，并告诉我自己说无论做什么，我都不会逃跑，我一边把罐头、盒子和打翻的糖胡乱塞回袋子里，一边告诉自己不能逃走。

史黛拉店前面的人行道上有一道裂缝，看上去像是一根指向某处的手指；这道裂缝一直在那儿。其他的路标，比如约翰尼·哈里斯在市政厅水泥地基上打的手印，米勒家的男孩刻在图书馆门廊上的名字首字母缩写，都是在我记忆里的各个时间逐渐出现的；市政厅建起来的时候我读三年级。但史黛拉店前面人行道上的裂缝是一直在那儿的，就像史黛拉一直在那儿一样。我记得自己穿着轮滑鞋溜过那道裂缝，记得自己小心地不去踩到它，否则它会让我们母亲的背折断①，记得自己头发飞扬地骑自行车经过这里；那时村民们还没有公开地讨厌我们，尽管我们的父亲说他们是垃圾。我们的母亲曾经告诉我说，她还是罗切斯特家的小女孩时，裂缝就在这儿了，所以当她嫁给我们父亲、搬来布拉克伍德农庄住时，裂缝一定也在这儿，我猜想村子最早用灰色的旧木头建起来时，那些长着邪恶脸孔的人从某个讨厌的地方被带到这里，并在这些房子里定居下来时，这道裂缝，像是一根指向某处的手指，就在这儿了。

史黛拉在她丈夫死后用保险金买了咖啡壶，在店里安装了大理石吧台，但除此之外，在我的记忆中，史黛拉的店没有任何变化；以前我和康斯坦丝放学后会来这里花掉我们的硬币，每天下午我们来买报纸带回家，供父亲晚上看；现在我们不再买报纸了，但史黛拉依旧卖报纸杂志、几美分一颗的糖果和灰扑扑的市政厅图案明信片。

"早上好，玛丽·凯瑟琳。"史黛拉对我说，我在吧台边坐下把买的东西放在地上；有时我想，当我希望全村人都死掉时，我可能会饶了史黛拉，因为她比其他任何一个村民都更接近友善，她也是村里唯一一个守住了一点色彩的人。她圆润粉嫩，当她穿上一条鲜艳的花裙子，裙子在融入周遭的脏灰色前，会有一小段时间颜色鲜亮。"你今天好吗？"她问。

---

① "踩在裂缝上，折断你妈的背！"是一句童谣。

"很好，谢谢。"

"康斯坦丝·布拉克伍德呢，她好吗？"

"很好，谢谢。"

"那么**他**怎么样？"

"和你想得一样好。黑咖啡，谢谢。"我其实想喝加了糖和奶的咖啡，因为这玩意儿本身太苦了，但既然我来这里纯粹是出于自尊，我就得只喝具有象征意义的、最最基本的咖啡。

我在史黛拉店里时，如果有任何人进来，我会站起来，安静地离开，但有些日子我的运气很差。今天早上，她刚把我的咖啡放在吧台上，门口就出现了一个人影，史黛拉抬头看了看说："早上好，吉姆。"她走到吧台的另一头等着，以为他会在那儿坐下来，那我就可以不受人注意地离开，但那是吉姆·唐尼尔，我立刻知道今天我是倒霉了。村里的有些人长着我一见难忘的嘴脸，这些脸我可以一张张地单独恨过来；吉姆·唐尼尔和他的老婆就属于这些人，因为他俩处心积虑，而不像其他人一样只是呆滞或出于习惯地仇恨我们。大多数人都会待在史黛拉等候的吧台尽头，但吉姆·唐尼尔却径直走到我坐的地方，在我旁边的高脚椅上坐下，竭尽所能地贴近我，因为他想让我今天早上倒霉，我懂的。

"他们跟我讲，"他摇晃身体坐到椅子的侧边，直勾勾地盯着我说，"他们跟我讲你们要搬走了。"

我希望他不要坐得离我这么近；史黛拉从吧台里朝我们走来，我希望她会叫他挪开，那样我就可以站起来，离开时无须费力绕开他。"他们跟我讲你们要搬走了。"他郑重其事地说。

16

"没有。"我说，因为他在等着。

"奇怪。"他说，目光从我身上移到史黛拉那里，接着又移回来，"我发誓，有人跟我讲你们很快就要搬走了。"

"没有。"我说。

"要咖啡吗，吉姆？"史黛拉问。

"你觉得谁会带头传播这样一个故事，史黛拉？你觉得谁会在他们根本没有要搬走的情况下，跟我讲他们要搬走呢？"史黛拉对他摇摇头，但她忍着没笑。我发现自己的手正在撕扯我腿上的纸巾，纸巾的一小角被撕下来了，我强迫自己的手停下来不动，并给自己定了一条规矩：每次我看到一小片纸屑，我就得记住对朱利安叔叔好一点。

"不知道小道消息是怎么传开来的。"吉姆·唐尼尔说。也许不久后的一天，吉姆就会死掉；也许他的身体里已经生出了一片将要杀死他的腐烂。"你在这镇上听说过这样的小道消息吗？"他问史黛拉。

"不要烦她了，吉姆。"史黛拉说。

朱利安叔叔是一个老头了，他正在走向死亡，令人遗憾地走向死亡，毫无疑问地远比吉姆·唐尼尔、史黛拉和其他任何人都更接近死亡。可怜年迈的朱利安叔叔正在走向死亡，我制定了一条严格的规矩，就是要对他好一点。我们会在草地上吃一顿野餐式的午饭。康斯坦丝会拿来他的披巾，搭在他的肩头，我会躺在草地上。

"我没有在烦任何人，史黛拉。我有烦到什么人吗？我只是在

17

这儿问玛丽·凯瑟琳·布拉克伍德小姐，为何镇上每一个人都说她和她的姐姐即将离开我们。搬走。去其他地方居住。"他搅拌着他的咖啡，我从眼角可以看到调羹在杯子里一圈圈地打转，我想要大笑。调羹在吉姆·唐尼尔说话时一圈圈地打转，有种特别简单却又特别愚蠢好笑的感觉；我好奇假如我伸手一把捏住调羹，他会不会住嘴。很可能他会，我明智地告诉自己，很可能他会把咖啡泼在我的脸上。

"去其他地方。"他阴沉地说。

"别说了。"史黛拉说。

朱利安叔叔讲述他的故事时，我会更认真地听。我已经买好了花生脆；这很好。

"我在那儿着急上火，"吉姆·唐尼尔说，"以为这里即将失去一个历史悠久的上好家族。那样真是太可惜了。"他又把身体挪到了椅子的另一边，因为有人正从门口进来；我注视着自己腿上的纸巾，当然不会转身去看进来的是谁，但吉姆·唐尼尔说："乔。"我知道那一定是木匠邓纳姆。"乔，你有没有听说过这样的事情？这儿全镇的人都在说布拉克伍德一家要搬走了，而现在玛丽·凯瑟琳·布拉克伍德小姐就坐在这里，她坦率直言告诉我说他们没有要搬走。"

店里陷入了一阵沉默。我知道邓纳姆正皱紧眉头盯着吉姆·唐尼尔、史黛拉和我看，思考着他听到的话，挑选词语，确定每个词的意思。"所以呢？"他最终说。

"听好了，你们两个。"史黛拉说，但吉姆·唐尼尔直接把话

18

接了过去，他背对着我，两腿向外伸着，这样我就无法绕过他朝外头走了。"我今天早上还在跟大家说，历史悠久的家族搬走总是让人遗憾至极。尽管你可以义正词严地说，布拉克伍德家族的许多人都已经死了。"他大笑起来还用手拍打吧台。"已经死了。"他又说了一遍。他杯子里的调羹静止不动，但他却在继续说话。"高雅的老人去世后，一个村子会失去很多风华。人们总是以为，"他慢慢地说，"他们是可有可无的。"

"没错。"邓纳姆说完笑起来。

"他们阔绰地生活在古老的高级私宅里，有围墙和私家通道，日子过得很潇洒。"他总是一直说啊说，直到他说累了。当吉姆·唐尼尔想到什么要说的事情时，他会竭尽所能经常地以各种方式说起它，可能是因为他就没啥想法，所以不得不把每个想法都说到无话可说。另外他每次重复自己时，都以为他说的事情更好玩了；我知道他可能像这样喋喋不休下去，直到他确定无疑没人要再听更多。我给自己定的一条规矩是：任何事情都不去想第二遍，于是我把双手轻轻地放在腿上。我生活在月球上，我告诉自己，在月球上我有一栋完全属于我自己的小房子。

"咳。"吉姆·唐尼尔说；他也觉察到了。"我总是可以告诉人们，我曾经认识布拉克伍德一家。在我的记忆中，他们从来没对**我**做过什么，始终对**我**彬彬有礼。倒也没有，"他说着笑起来，"倒也没有被请去他们家一起吃晚饭，从来没有过那样的事情。"

"说到这里足够了，"史黛拉语气尖锐地说，"你去找别人的碴儿吧，吉姆·唐尼尔。"

"我在找人碴儿吗？你以为我想要被请去吃晚饭？你以为我**疯了**？"

"我呢，"邓纳姆说，"我总是可以告诉人们，我有一次替他们修好了他们坏掉的台阶，却从来没拿到工钱。"那是真的。康斯坦丝派我出去通知他说，他本该做一级齐整的新木头台阶，但他却只是在台阶上歪歪斜斜地钉了一块原木板，我们是不会为此支付木工钱的。当我走到外面跟他说我们不会付钱时，他咧嘴一笑，吐了一口唾沫，拿起他的榔头，把木板撬松拉下来，扔在地上。"你们自己干吧。"他对我说完，坐进他的小卡车里扬长而去。"从来没拿到工钱。"他现在说。

"那一定是一个疏忽，乔。你就直接去跟康斯坦丝·布拉克伍德小姐说，她肯定会给你一个公道的说法的。只是假如你被邀请去吃晚饭的话，乔，你一定要说不，谢谢你，布拉克伍德小姐。"

邓纳姆大笑起来。"我才不要呢，"他说，"我替他们修好了台阶，却从来没拿到工钱。"

"奇怪，"吉姆·唐尼尔说，"他们一边找人修房子什么的，一边却一直在计划搬走。"

"玛丽·凯瑟琳，"史黛拉从吧台内走向我坐的地方，"你回家去吧。这就从那个凳子上站起来，回家去。你不走，这里是不会太平了。"

"喏，**这倒是事实**。"吉姆·唐尼尔说。史黛拉盯着他看，他移开腿让我通过。"你只要说一声，玛丽·凯瑟琳小姐，我们都会出来帮你打包。只要你说一声，玛丽凯特①。"

"并且替我带话给你的姐姐——"邓纳姆开始说，但我加快了脚步，等我走到外面时，我可以听到笑声，来自他俩和史黛拉的笑声。

我喜欢我在月球上的房子，我在里面安了一个壁炉，在外面建了一个花园（什么东西会在月球上长得茂盛呢？我必须问问康斯坦丝），我将在月球上房子外的花园里吃午餐。月球上的东西都非常鲜艳，颜色很奇怪，我的小房子是蓝色的。我看着自己穿着棕色皮鞋的脚在视野里进进出出，让购物袋在我的身体边轻微地晃动；我已经去过史黛拉的店了，现在我只需要走过市政厅，这时的市政厅空荡荡的，只剩下填写犬类准养证书的人，清点交通罚款的人——顺着高速公路穿过这个村子的司机们经常会被罚款，还有发放关于自来水、下水道和垃圾处理通知的人——他们也负责禁止其他人焚烧树叶或钓鱼；所有这些人都坐在市政厅深处的各个地方，一起忙碌地工作着；我根本不用怕他们，除非我在垂钓季外去钓鱼。我一边想着在月球上捉河里的腥红色的鱼，一边看到哈里斯家的男孩正在他们家的前院里跟几个别人家的男孩大吵大闹。我直到走过市政厅旁的街角，才看到他们，我本可以依然转身返回去走另一条路，就是沿主干道一路走到小溪，然后穿过小溪从小径的另一半走回我们的房子，但时间不早了，我还拿着买的食品，小溪太脏了，不适合穿着我们母亲

---

① 玛丽凯特是玛丽·凯瑟琳的昵称。

的棕色皮鞋去蹚水，而且我想我现在是生活在月球上呀，于是我加快了脚步。他们立刻就发现我了，我想象他们逐渐腐烂，痛苦地蜷起身体，大声哀号，我想要他们蜷成一团，在我面前的地上哭喊。

"玛丽凯特，"他们叫起来，"玛丽凯特，玛丽凯特。"然后一起在围栏边站成一行。

我怀疑这是他们的父母教他们的，吉姆·唐尼尔、邓纳姆和卑鄙的哈里斯带着他们的小孩排练，慈爱地教导他们，确保他们的声调准确，否则这么多小孩怎么可能学得如此彻底？

玛丽凯特，康妮 ① 说，你要喝茶吗？

哦，不要，玛丽凯特说，你会给我毒药吃。

玛丽凯特，康妮说，你想睡觉吗？

睡睡睡，坟场往下十英尺！

我假装自己跟他们语言不通；在月球上，我们说一种行云流水般柔和的语言，在星光里歌唱，俯视下面死气沉沉的乏味世界；我几乎已经走过了一半的围栏。

"玛丽凯特，玛丽凯特。"

"老康妮——她做的家常晚餐在哪里？"

"你要喝茶吗？"

---

① 康妮是康斯坦丝的昵称。

退到自己的体内的感觉很奇怪，我脚步稳健坚强地走过围栏，每次下脚时都很沉稳有力，不会透出任何他们可能觉察到的匆忙，我专注于自己的内心，知道他们正盯着我看；我正躲在自己体内的深处，但我能听到他们说话，也依然能从眼角看到他们。我希望他们全部瘫在地上死掉。

"睡睡睡，坟场往下十英尺。"

"玛丽凯特！"

我刚走过去，哈里斯家男孩的妈妈就走到了外面的门廊里，可能是来看看他们到底在喊什么。她站在那里观望了一会儿，我停下来盯着她看，注视着她那毫无光彩的眼睛，我知道自己切不可以跟她说话，但我也知道自己一定会说些什么。"你就不能叫他们住嘴吗？"那天我问她，想知道这个女人是否还有一点点我可以沟通的地方，她是否也曾开心地在草地上奔跑，是否也曾观察过花朵，是否也曾了解愉悦和爱的感觉。"你就不能叫他们住嘴吗？"

"孩子们，"她说，她的声音、表情和幸灾乐祸的阴暗作派都毫无变化，"不要侮辱这位小姐。"

"好的，妈妈。"一个男孩认真地说。

"不要走近围栏。也不要侮辱那位小姐。"

我继续往前走，他们还在大喊大叫，这个女人就站在门廊里笑。

玛丽凯特，康妮说，你要喝茶吗？

哦，不要，玛丽凯特说，你会给我毒药吃。

23

他们的舌头会被火烧，我想，仿佛他们吞食了火焰。他们开口说话时，他们的喉咙会被火烧，他们会感觉肚子里滚烫焦灼，比被火烧更痛苦。

　　"再见，玛丽凯特，"我走过围栏尽头时，他们喊道，"不要急着回家呀。"

　　"再见，玛丽凯特，把我们的爱带给康妮。"

　　"再见，玛丽凯特。"但我已经走到了黑岩石，眼前就是通向我们私家小径的门。

我必须放下购物袋,腾出手来打开门上的锁;那是一个简单的挂锁,随便哪个小孩都能弄坏它,但它挂在门上是一种象征,表示"私家领地禁止擅入",没人会越界。我们的父亲封闭这条小径时,搞了标志,安了门,并装了锁;以前,高速公路的四角是公交车站;大家使用我们家的小径,从我们家前门经过,可以少走大约四分之一英里的路。我们的母亲不喜欢看到任何人从我们家前门经过,当我们的父亲把她带进布拉克伍德家后,他不得不做的第一件事就是封闭小径,把整个布拉克伍德家拥有的土地都围起来,从高速公路一直到小溪。小径的另一头还有一道门,虽然我很少从那里走,那道门上也有一个挂锁和一个"私家领地禁止擅入"的标志。"高速公路是给普罗大众修建的,"我们的母亲说,"我的前门则是私人的。"

任何名正言顺受到邀请来拜访我们的人,都走主车道,它由高速公路上的门柱子直接通到我家的前门。小时候我经常躺在自己位于房子后部的卧室里,想象车道和小径在我们的前门十字交汇,车道上来来往往的都是好人,是身穿绸缎和蕾丝的正派有钱人,他们都是正儿八经的来访者,小径上来来往往的都是村里人,他们鬼鬼祟祟地迂回而行,卑贱地躲躲闪闪。他们进不来,我曾躺在黑漆漆的房间里,望着天花板上的树影,一遍遍地告诉我自己，他们再也进不来了；小径被永远地封闭了。有时我站在围栏内，躲在树丛后，观察人们从村里出来，走上高速公路，去往四面八方。就我所知，自从我们的父亲锁上各道门后，村里就没人试图使用这条小径。

我把购物袋移到门内，又小心地把门锁好，还检查了一下挂锁，确保它足够结实。一旦挂锁在我身后紧紧地锁好，我就安全了。小径很黑，因为我们的父亲早就放弃了用他的土地来谋利的任何念头，他让树、灌木丛和小花们肆意生长，除了一大片草地和花园，我们的土地上树木繁茂，除我以外没人知道它的秘密。我走在小径上时，步伐轻松，因为我现在到家了，我对路上的每一步每一弯都熟稔于心。康斯坦丝认识所有地里长出来的东西，但我只知道它们长在哪条路上的哪个地方，以及它们能提供什么样的可靠庇护，对我而言，这就够了。小径上唯一的足迹就是我自己进出村子留下的。转过这个弯，我可能会发现康斯坦丝的足迹，因为她有时会走那么远来等我，但康斯坦丝的大部分脚印都是在花园和房子里。今天她走到了花园尽头，我一转弯就看到她了；她站在房子的前面，阳光笼罩着她，我朝她奔去。

"玛丽凯特，"她微笑着对我说，"瞧我今天走得有多远。"

"太远了，"我说，"下次我一不留神，你就该跟我进村去了。"

"我可能会这么做的。"她说。

即使我明白她只是在逗我玩，我依然感到一阵寒意，但我还是哈哈一笑。"你不会很喜欢这事的，"我告诉她，"来吧，懒虫，帮我拿一部分东西。我的猫在哪里？"

"它跑去追蝴蝶了，因为你回来晚了。你记得买鸡蛋了吗？我忘记跟你说了。"

"当然买了。我们在草地上吃午饭吧。"

小时候我以为康斯坦丝是一个童话里的公主。我常试图把她画下来，金色的长发，跟最蓝的蜡笔一样蓝的眼睛，每边脸颊上都有一小块鲜嫩的粉红色；图画总是让我吃惊，因为她真的跟图画上长得很像，甚至在最糟糕的时刻，她都是粉红、瓷白和金黄色的组合，似乎没有任何事情能磨灭掉她的明艳光彩。她是我的世界里最最珍贵的人，一直如此。我跟着她穿越柔软的草地，经过她照料的花丛，走进我们的房子里，乔纳斯，我的猫，也从花丛里走出来，跟着我。

康斯坦丝在高耸的前门内等我，我在她后面走上台阶，然后我把大包小包放在门厅的桌子上，锁好门。我们直到下午才会再次用到这扇门，因为我们几乎所有的时光都是在房子后部、草坪上和花园里度过的，这些地方没有其他人会来。我们任由房子的前部面对高速公路和村子，我们则在它严峻冷漠的表面之后按我们自己的方式生活。

虽然我们把房子保养得很好，但我们只一起使用房子后部的房间：厨房、后面的卧室以及厨房旁边朱利安叔叔住的那个暖和的小屋子；外面是康斯坦丝的栗子树，漂亮宽阔的草坪和康斯坦丝的花丛，然后再往外是康斯坦丝打理的蔬菜园，它的后面是遮蔽小溪的树木。我们坐在后面的草坪上时，没人能从哪个地方看到我们。

当我看到朱利安叔叔坐在厨房角落里他那巨大的旧书桌边摆弄他的文稿时，我记起自己要对他好一点。"你会让朱利安叔叔吃花生脆吗？"我问康斯坦丝。

"等他吃完午饭。"康斯坦丝说。她从袋子里小心地把食品拿出来；任何食品在康斯坦丝眼里都是很珍贵的，她总是毕恭毕敬地拿食物。我不被允许帮忙；我不被允许准备食物，也不被允许采蘑菇，虽然我有时会把蔬菜从园子里拿进来，或把苹果从老果树上摘下来。"我们午饭吃松饼。"康斯坦丝几乎像是唱歌一样地说，因为她正在整理食品，把它们放好。"朱利安叔叔会吃一个用黄油煎得很嫩的鸡蛋，外加一块松饼和一小个布丁。"

"软食。"朱利安叔叔说。

"玛丽凯特要吃一点不肥腻却味道浓郁的咸食。"

"乔纳斯会给我抓一只老鼠。"我对挨着我的膝盖的猫说。

"你从村里回到家，总是让我很高兴。"康斯坦丝说；她停下来看着我冲我微笑。"当然一部分是因为你带回家食物。但一部分也是因为我想你。"

"从村里回到家，我也总是很高兴。"我告诉她说。

"过程很糟糕吗？"她用一只手指拂过我的脸颊。

"你不会想要知道的。"

"有一天我会去。"这是她第二次提到去外面了，我又感到一阵寒意。

"康斯坦丝。"朱利安叔叔说。他从书桌上拿起一小张纸，仔细端量后皱起了眉头。"我似乎一点儿也不清楚那天早上你爸爸有没有像往常一样把雪茄拿去花园里抽。"

"我确定他那么做了。"康斯坦丝说。"这猫一直在小溪里捉鱼玩，"她对我说，"它进来时满身是泥。"她折好装食品的袋子，把它们跟其他袋子一起放在抽屉里，接着又把从图书馆借来的书在架子上码好，它们会永生永世留在那里。康斯坦丝在厨房干活时，指望我和乔纳斯待在角落里不要碍事，看她在阳光里身姿优美地移动、如此温柔地对待食物是一种享受。"今天是海伦·克拉克来访的日子，"我说，"你害怕吗？"

她转身对我笑笑。"一点儿都不，"她说，"我一直有在好转，我觉得。今天我要做朗姆小蛋糕。"

"海伦·克拉克会激动地尖叫，狼吞虎咽地吃掉它们。"

即使到了现在，我和康斯坦丝依然会见一小部分人，比如开到车道尽头拜访我们的熟人。海伦·克拉克周五会来跟我们喝茶，谢波德夫人、赖斯夫人或年迈的克劳利夫人偶尔会在周日教堂礼拜后顺便来我们家，告诉我们说我们应该会喜欢那天的布道。她们尽责地来访，尽管我们从来没有回访过她们，她们会得体地停留几分钟，有时还会带一些她们花园里采的鲜花、几本书或一首康斯坦丝可能会感兴趣并尝试在竖琴上弹出来的歌谱；她们言谈有礼，间或会笑笑，而且从来都不会忘记邀请我们去她们家，虽然她们知道我们是永远不会去的。她们对朱利安叔叔也很客气，耐心地听他讲话，她们会提出开车带我们，她们自称为我们的朋友。我和康斯坦丝总是对彼此说她们的好话，因为她们认为她们的拜访给我们带来快乐。她们从来都不会走在小径上。如果康斯坦丝叫她们从玫瑰花丛中割一束花，或邀请她们去看看她开心地新弄的花色组合，她们会走进花园里，但她们从来不会要求去任何我们没叫她们去的区域；她们沿着花园往前走，在前门坐进她们的车里，沿车道驾车离开，从大门出去。有几次卡林顿夫妇来看我们过得好不好，因为卡林顿先生是我们父亲的好朋友。他们从来没有进来或吃任何茶点，他们只是开车到前门的台阶边，坐在他们的车里跟我们聊几分钟。"你们过得怎么样？"他们总是边问边来回打量我和康斯坦丝，"你们一切都自己来还行吗？你们有什么需要吗？有什么我们能帮忙的吗？你们过得怎么样？"康斯坦丝总是邀请他们进来，因为我们的家教认为让客人在外面说话是不礼貌的，但卡林顿一家从来都不会进屋。"我好奇，"想到他们，我说，"假如我跟卡林顿一家提出的话，他们是否会带一匹马给我。我可以在长草甸上骑马。"

康斯坦丝转身，盯着我看了一会儿，略微皱起眉头。"你不能跟他们提这样的要求，"她最后说，"我们不会问任何人要任何东西。记住这点。"

"我是说着玩的。"我说，于是她又微笑起来，"其实我唯一真正想要的是一匹带翅膀的马。我和我的马可以让你飞去月球再飞回来。"

"我记得你曾经想要的是一头狮身鹰首兽，"她说，"好啦，闲人小姐，跑去外面摆桌子吧。"

"最后那个夜晚，他们仇人般地激烈争吵，"朱利安叔叔说，"'我不要这样'她说，'我不会容忍这点的，约翰·布拉克伍德。'

然后他说：'我们别无选择。'我当然是在门口听，但我来得太晚了，没听到他们在吵什么；我猜想是为了钱。"

"他们不经常争吵。"康斯坦丝说。

"他们几乎总是相敬如宾，我的侄女，假如这就是你所说的不争吵；对我们其他人而言，这远不是一个令人满意的范例。我和我的妻子宁愿大吼。"

"有时候，几乎不觉得已经过了六年。"康斯坦丝说。我拿起黄色的桌布走到外面的草坪上开始摆桌子，在我的身后我听到她对朱利安叔叔说："有时候，我感觉我会放弃一切，只要他们都能再回来。"

小时候我曾相信有一天我会长大，长高到足以碰到我们母亲会客室窗户的顶部。它们都是适合夏季的窗户，因为这个房子本来只是一栋消夏别墅，我们的父亲在里面安装了一套取暖系统，纯粹是因为没有其他房子可以让我们家冬天搬去住；按理说，我们本该拥有村里的罗切斯特宅邸，但我们很早以前就失去它了。我们房子会客室里的窗户上至天花板下至地板，我从来都碰不到它们的顶部；我们的母亲过去常常告诉访客们说，窗户上淡蓝色的丝质窗帘有十四英尺长。会客室里有两扇很高的窗户，过道对面的餐厅里也有两扇很高的窗户，从外面看起来它们狭长纤薄，给房子平添了一种荒凉的肃穆感。然而，在房子里面看，会客室很漂亮。我们的母亲从罗切斯特宅邸带来金色椅腿的椅子，她的竖琴也在那里，整间屋子在镜子和闪耀的玻璃的映衬下，显得特别亮堂。我和康斯坦丝只在海伦·克拉克来喝茶时才会使用这个房间，但我们把它维护得很好。康斯坦丝会站在一架踏板式的梯子上清洗窗户的顶部，我们为壁炉架上的德累斯顿小雕像掸灰，我会在扫把柄上顶一块抹布，擦拭墙壁顶端婚礼蛋糕般的饰边，边擦边注视着那些白色的水果和叶子，还有丘比特和蝴蝶结，我总是因为长时间仰着头和倒着走而感到头晕目眩，当康斯坦丝扶住我时，我总是哈哈大笑。我们擦亮地板，修补沙发和椅子织锦面料上的小洞。每扇高窗户的上方都挂着一片金色的帷幔，壁炉周围有一圈漩涡状的装饰纹样，会客室里挂着我们母亲的肖像。"我无法忍受看到这么漂亮的房间不整洁。"我们的母亲过去常说，于是我和康斯坦丝以前从来都是不许进这里的，但现在我们把它打理得一尘不染，井井有条。

我们的母亲总是用壁炉边的一张矮桌子招待她的朋友们喝茶，所以康斯坦丝也总是把她的桌子摆在那里。在我们母亲肖像的俯视下，她坐在我们母亲玫瑰红的沙发上，我则坐在角落里我的小椅上旁观。我被允许拿拿茶杯和碟子，递递三明治和蛋糕，但不许我倒茶。我讨厌在别人的注视下吃任何东西，所以我会之后在厨房喝茶吃点心。那天，海伦·克拉克最后一次来喝茶，康斯坦丝像往常一样摆好桌子，我们母亲一直用的精美纤薄的玫瑰色杯子，两只银色的盘子，一盘装着小三明治，另一盘装着非常特别的朗姆蛋糕；厨房里有两块朗姆蛋糕是留给我的，以防万一海伦·克拉克把它们全吃光。康斯坦丝安静地坐在沙发上，她从来不会坐立不安，双手稳重地放在腿上。我守在窗户边等待海伦·克拉克出现，她总是很准时。"你害怕吗？"我问了一下康斯坦丝，她说："不，一点儿也不怕。"我不用转身，就能从她的声音里听出来她很平静。

我看见汽车转进车道，接着看到车里有两个人，而不是一个人。"康斯坦丝，"我说，"她还带了一个人。"

康斯坦丝一动不动地僵了一会儿，接着她很坚定地说："我想一切都会顺利的。"

我转身去看她，她很平静。"我去把她们打发走，"我说，"她应该知道规矩的。"

"不要，"康斯坦丝说，"我确信一切都会顺利的。你就看我的吧。"

"但我是不会让你感到害怕的。"

"迟早，"她说，"迟早，我将不得不踏出第一步。"

我感到一阵寒意。"我想要打发走她们。"

"不要，"康斯坦丝说，"绝对不要。"

车子在房前停下，我走进门厅去打开前门，我之前就打开了前门的锁，因为当着客人面开锁是不礼貌的。我走到门廊里，发现情况并没有我预想的那么糟；海伦·克拉克带来的不是一个陌生人，而是小赖特夫人，她以前来过一次，而且比任何人都更加害怕。她不会给康斯坦丝造成太大的压力，但海伦·克拉克不该不通知我就带她来。

"下午好，玛丽·凯瑟琳，"海伦·克拉克从车里下来，走到台阶上说，"今天难道不是一个美好的春日吗？亲爱的康斯坦丝好吗？我带来了露西尔。"她准备厚颜无耻地处理这个问题，仿佛大家每天都带几乎完全陌生的人来见康斯坦丝，我讨厌必须对她微笑。"你记得露西尔·赖特吗？"她问我，可怜的小赖特夫人轻轻地说她一直很想再来。我扶着前门，保持它敞开，她们走进门厅。她们没有穿外套，因为这天天气很好，但海伦·克拉克还是有常识地停了一下。"告诉亲爱的康斯坦丝，我们来了。"她对我说，我明白她是在给我时间去告诉康斯坦丝来的是谁，于是我溜进会客室，康斯坦丝安静地坐在那儿，我说："来的是赖特夫人，那个担惊受怕的人。"

康斯坦丝微微一笑。"起步不佳，"她说，"不会有事的，玛丽凯特。"

门厅里，海伦·克拉克正在向赖特夫人炫耀我们家的楼梯，讲述楼梯雕花和木头从意大利运来的熟悉故事；我从会客厅出来时，她扫了我一眼，接着说："这个楼梯是郡里的奇观之一，玛丽·凯瑟琳。让它与世隔绝，真是太可惜了。露西尔？"她们走进会客室。

康斯坦丝非常沉着。她起身，微笑，说她很高兴见到她们。由于海伦·克拉克天生笨拙，她把走进一个房间坐下来这个简单的动作变成了一段复杂的三人芭蕾：康斯坦丝话音未落，海伦·克拉克就推挤了一下赖特夫人，让赖特夫人像一颗被打歪的槌球般跌到了房间的远角里，她猛地坐下，显然是无意中坐在了一把不舒服的小椅子上。海伦·克拉克走到康斯坦丝坐着的沙发边，差点打翻茶几，尽管房间里随便哪把椅子都可以坐，而且还有另一张沙发，她却最终令人不适地坐在紧挨着康斯坦丝的地方，康斯坦丝讨厌除我以外的任何人坐在她附近。"好咧，"海伦·克拉克舒展身体说，"很高兴又见到你。"

"感谢你招待我们，"赖特夫人向前欠身说，"楼梯真是太漂亮了。"

"你看上去气色很好，康斯坦丝。你一直在花园里干活吗？"

"我忍不住呀，这样好的天。"康斯坦丝笑起来，她表现得很好。"让人来劲，"康斯坦丝跟对面的赖特夫人说，"或许您也是一名园艺爱好者？一年里最初的艳阳天，对于园艺爱好者来说，真是太让人来劲了。"

她有点说话太多，也太快了，但除了我，没人注意到。

"我确实喜欢有一个花园，"赖特夫人赶着说，"我确实非常喜欢有一个花园。"

"朱利安怎么样？"海伦·克拉克布不等赖特夫人的话音落下，就问道，"老朱利安怎么样？"

"很好，谢谢您。他正期待今天下午加入我们，一起喝杯茶呢。"

"你见过朱利安·布拉克伍德吗？"海伦·克拉克问赖特夫人。赖特夫人摇摇头说："我很想见见他，当然了；我听说了很多——"可她说到一半却停住了。

"他有点……古怪。"海伦·克拉克说着冲康斯坦丝微微一笑，仿佛在此之前这一直是一个秘密。我想假如"古怪"一词就是词典里写的意思，意为**偏离常态**，那么海伦·克拉克远比朱利安叔叔古怪，她动作笨拙，问题出人意料，还把陌生人带来这里喝茶；朱利安叔叔的生活很平顺，一切皆有设定的模式，周密有序。她不该把人或事描述得名不副实，我想我记得自己要对朱利安叔叔好一点。

"康斯坦丝，你总是我最亲近的朋友之一。"这时她说。我对她很怀疑；她真看不出来康斯坦丝不爱听这样的话吗。"我要给你一个建议，记住我是你的一个朋友。"

我肯定是早就知道她要说什么了，因为我感到一阵寒意；海伦·克拉克现在要说的话，是今天逐渐积累起来的一切的高潮。我陷在椅子里，死死地盯着康斯坦丝，希望她站起来逃走，希望她不要听到紧接下来的话，但海伦·克拉克继续说道："现在是春天，你年轻漂亮，理应快乐。回到这个世界上来吧。"

曾经就在一个月前，当时依然是冬天，这样的话会让康斯坦丝畏缩地逃跑；如今，我看到她边听边微笑，尽管她摇摇头。

"你赎罪地苦行了足够久了。"海伦·克拉克说。

"我非常乐意举办一场小小的午宴——"赖特夫人开口说道。

"你忘记拿牛奶了；我去拿。"我站起来直接对康斯坦丝说，她打量了我一下，显得几近吃惊。

"谢谢你，亲爱的。"她说。

我走到会客室外面的过道里，朝厨房走去；今天早上，厨房里光线明亮，气氛愉悦，现在却冷飕飕的，让我感到沮丧。康斯坦丝在拒绝抵制了那么久之后，看上去仿佛是突然发现外出终究也是有可能的。我意识到，由于这是一天里这个话题第三次被提及，那一定会三次成真。我无法呼吸；我被电线绑住了，我的脑袋涨得很大，快要爆炸；我跑到后门，开门大喘气。我想要逃跑；假如我可以跑到我们地界的尽头，再跑回来，我大概就没事了，但康斯坦丝单独一人跟她们在会客室里，我必须赶快回去。我不得不让自己满足于把桌上的牛奶壶摔得粉碎；它是我们的母亲留下来的，我任由碎片散落一地，好让康斯坦丝看到它们。我把家里第二好的牛奶壶拿下来，它和杯子们并不配套；我被允许倒牛奶，所以我把牛奶壶注满，拿去会客室。

"——跟玛丽凯特一起？"康斯坦丝正说道，接着她转头冲门口的我笑笑。"谢谢你，亲爱的。"她说，瞥了牛奶壶一眼，又瞥了我一眼。"谢谢你。"她再说了一遍，我把牛奶壶放在托盘上。

"开始不用做太多，"海伦·克拉克说，"那样会看起来奇怪，你说的没错。但是拜访一两个老朋友，或许找一天在城里买买东西——没人会在城里认出你，你知道的。"

"一场小型午宴？"赖特夫人满怀希望地问。

"这我得想一想。"康斯坦丝笑着做了一个表示困惑的小手势，海伦·克拉克点点头。

"你会需要一些衣服。"她说。

我从我待的角落里走出来，从康斯坦丝手里接过一杯茶，送到赖特夫人那儿，她接过茶时手直抖。"谢谢你，亲爱的。"她说。我能看到茶水在杯子里抖动；毕竟这只是她第二次来这里。

"糖？"我问她；我忍不住，而且出于礼貌也得问一下。

"哦，不，"她说，"不用，谢谢你。不用加糖。"

我一边注视她，一边想今天她是梳妆打扮好来这里的；我和康斯坦丝从来不穿黑色，但赖特夫人可能以为这很得体，今天她穿了一条简单的黑裙子，戴了一条珍珠项链。她上次来也是穿了黑色，我记得；她总是品位不错，我想，除了出现在我们母亲的会客室里。我走回到康斯坦丝身边，拿起盛着朗姆蛋糕的盘子，把它们递给赖特夫人；这一举动也不是很善意，她本该先吃三明治的，但我想要她不开心，谁叫她穿着黑色坐在我们母亲的会客室里呢。"这些是我姐姐今天早上做的。"我说。

"谢谢你。"她说。她的手在盘子上迟疑了片刻，接着她拿了一块朗姆蛋糕，小心地放在她茶碟的边缘。我认为赖特夫人礼貌得几近歇斯底里，于是我说："请一定拿两块吧。我姐姐做的任何东西都是上好的美味。"

"不，"她说，"哦，不用的。谢谢你。"

海伦·克拉克正在吃三明治，她往下伸手越过康斯坦丝拿了一块又一块。她在任何其他地方都不会表现得像这样，我想，除了在这里。她从来都不在乎康斯坦丝会怎么想，或者我会怎么看待她的举止；她只会认为我们见到她很高兴。走开，我在脑子里跟她说。走开，走开。我好奇海伦·克拉克是否有专门用来穿着来我们家的衣服。"这件，"我能想象她边翻壁橱边说，"没必要把**这件衣服**扔掉，我可以留着它，去拜访亲爱的康斯坦丝时穿。"我开始在脑海里给海伦·克拉克穿衣打扮，让她穿泳衣坐在雪堆上，穿一条带纤薄粉色褶边的连衣裙高高地坐在一棵树的硬枝条上，枝条会钩住褶边，把它们拉扯坏；她被困在树上，大声尖叫，我几乎要大笑起来。

"为什么不请些人到这里来呢？"海伦·克拉克正在对康斯坦丝说，"一些老朋友——有很多人想跟你保持联络的，亲爱的康斯坦丝——某天晚上请一些老朋友。吃晚饭？不，"她说，"或许不要吃晚饭。或许不要，先不要一上来就吃晚饭。"

"我自己——"赖特夫人又开口了；她把茶杯和那一小块朗姆蛋糕小心地放在她旁边的桌子上。

"不过为什么不吃晚饭呢？"海伦·克拉克说，"无论如何，你都必须在某个时候放手一搏的。"

我得说些什么。康斯坦丝没有在看我，她只是看着海伦·克拉克。"为什么不请些村里的好人呢？"我大声问道。

"天哪，玛丽凯特，"海伦·克拉克说，"你真是惊到我了。"她哈哈大笑。"我不记得布拉克伍德家族什么时候跟村民们社交过。"她说。

"他们恨我们。"我说。

"我不关心他们的闲言碎语，我希望你们也别在意。而且玛丽凯特，你和我都明白这种感觉十有八九都只是你们的想象罢了，假如你们这边做出一些努力表示友好，那就没人会说一句你们的坏话。天哪。我承认你说的没错，大家过去可能是有一些小情绪，但你们这边肯定是过分夸大了这种情绪。"

"闲言碎语**总是**难免的。"赖特夫人安慰地说。

"我一贯说我是布拉克伍德一家的好朋友，我也丝毫不觉得羞愧。你们需要的是跟你们自己同类的人社交，康斯坦丝。他们并不会讲**我们**什么。"

我希望她们能更有趣一点；我觉得现在康斯坦丝看上去有点累了。如果她们很快就走人的话，我会帮康斯坦丝梳头发，一直梳到她睡着。

"朱利安叔叔来了。"我对康斯坦丝说。我能听见走廊里轻轻的轮椅声，我起身打开门。

海伦·克拉克说："你们觉得人们真会害怕拜访这里吗？"朱利安叔叔在门口停住。他戴了一条很花哨的领带来喝茶，还把脸洗到发红。"害怕？"他说，"害怕拜访这里？"他在轮椅上跟赖特夫人欠身打招呼，接着又对海伦·克拉克欠欠身。他尊称她俩为"夫人"。我知道他不记得她们的名字，也不记得他是否见过她们。

"你看上去气色不错，朱利安。"海伦·克拉克说。

"害怕拜访这里？抱歉重复了您的话，夫人，但我很震惊。毕竟我的侄女已经被判谋杀罪不成立了。**现在**拜访这里不可能存在任何危险。"

赖特夫人情难自已地拿着茶杯抽搐了一下，然后她把双手紧紧地放在腿上。

"可以说危险无处不在，"朱利安叔叔说，"中毒的危险肯定是有的。我的侄女可以给您讲讲最意想不到的危险——比毒蛇更致命的花园植物，以及可怕的不起眼的香草，它却能像尖刀一般割开您的肚皮内膜，夫人。我的侄女——"

"多么漂亮的花园啊，"赖特夫人认真地对康斯坦丝说，"我完全不知道你是怎么做到的。"

海伦·克拉克坚决地说："好了，那事大家早就忘了，朱利安。没人还在想它。"

"可惜，"朱利安叔叔说，"一个极其引人入胜的案子，我们时代极少数真正的谜题之一。尤其是在我的时代。我为此倾注了毕生的精力。"

"朱利安。"海伦·克拉克语速很快地说。赖特夫人似乎听得很着迷。"这世上有样东西叫做好品位，朱利安。"

"品位，夫人？您品尝过砒霜吗？我向您保证，您会有一刻完全无法相信，直到大脑能接受——"

片刻之前，可怜的小赖特夫人大概得把舌头咬下来，才能说到这个问题，但现在她几乎不带喘气地说："你的意思是你记得？"

"记得。"朱利安叔叔叹了一口气，欢快地摇摇头。"或许，"他真诚地说，"或许你对这个故事不熟，或许我可以——"

"朱利安，"海伦·克拉克说，"露西尔不想听它。你该羞于问她。"

我认为赖特夫人倒是非常想听，我看看康斯坦丝，她恰好也在瞥我；我俩都很冷静，适合讨论这个话题，但我知道她跟我一样，内心充满了喜悦，很高兴能听听朱利安叔叔讲话，大多数时间他都太寂寞了。

可怜的赖特夫人，可怜的她终于再也忍不住了。她涨红了脸，支支吾吾的，但朱利安叔叔很擅长激发别人的兴趣，赖特夫人的自律无法一直抵抗下去。"它就发生在这栋房子里。"她像念祷辞般地说。

我们都陷入了沉默，礼貌地注视着她，她轻轻地说："请你们一定要原谅我。"

　　"当然，是在这栋房子里，"康斯坦丝说，"在餐厅里。当时我们正在吃晚饭。"

　　"一家人聚在一起吃晚饭，"朱利安叔叔字斟句酌地说，"从来不曾料到那会是我们在一起吃的最后一餐。"

　　"糖里拌了砒霜。"赖特夫人说，激动得完全顾不上礼仪了。

　　"我用了那个糖。"朱利安叔叔对她摇动手指，"我自己用了那个糖，加在黑莓上。幸运的是，"他温和地微微一笑，"命运之神出手干预。我们中的一些人那天就被她无情地带去了死亡之门的另一边。我们中的一些人天真无辜、没有提防，就这样非自愿地迈出了阴阳两隔的最后一步。我们中的另一些人则几乎没有加糖。"

　　"我从来不吃黑莓。"康斯坦丝说。她直勾勾地看着赖特夫人，冷静地说："我很少在任何东西上加糖。就连现在也是如此。"

　　"这点在庭审时对她非常不利，"朱利安叔叔说，"我指的就是她不用糖。但我的侄女从来都不喜欢吃莓子。甚至在小时候，她的习惯就是拒吃莓子。"

　　"够了，"海伦·克拉克大声说道，"太耸人听闻了，真的是；我不能再忍受听你们说这件事了。康斯坦丝——朱利安——露西尔会怎么看你们？"

　　"没关系，真的没什么。"赖特夫人抬起手说。

　　"我不能坐在这里再听下去了，"海伦·克拉克说，"康斯坦丝必须开始考虑未来；这样陷在过去是不健康的，可怜的宝贝儿已经吃够了苦头。"

"嗯，我想念他们所有人，这是当然的，"康斯坦丝说，"他们都不在了以后，一切都变得大不相同，但我肯定没觉得自己是在受苦。"

"在某种程度上，"朱利安叔叔接过话头，"这对我而言是撞了一次大运。我是本世纪最耸人听闻的下毒案的幸存者。我有所有的剪报。我认识受害者和被告，与他们亲密无间，因为只有住在这栋房子里的亲属才可能了解他们。我对所发生的一切都做了详尽的笔记。自那以后，我的身体就再没好过。"

"我说了，我不想听人谈论此事。"海伦·克拉克说。

朱利安叔叔停下来。他看看海伦·克拉克，接着又看看康斯坦丝。"真的发生过吗？"片刻之后，他嚼着手指问。

"当然真的发生过。"康斯坦丝冲他笑笑。

"我有剪报。"朱利安叔叔不确定地说。"我有我的笔记，"他告诉海伦·克拉克，"我记录下了每一件事。"

"那是一件骇人的事情。"赖特夫人真诚地向前倾着身子，朱利安叔叔便转向了她。

"非常可怕，"他表示同意，"令人毛骨悚然，夫人。"他操控轮椅，好让自己背对海伦·克拉克。"您想要参观一下餐厅吗？"他问。"看看那张夺命餐桌？我没有在法庭上作证，你懂的；我的健康状况，不论是当时，还是现在，都无法承受陌生人的粗鲁提问。"他朝海伦·克拉克的方向轻轻地点了一下头。"我很想站上证人席。我自认我的出现不会造成不利。但当然她终究还是被判无罪了。"

"确实她被判无罪了。"海伦·克拉克激昂地说。她伸手去拿她那只巨大的手提包，把它放在腿上，在里面翻找她的手套。"没人还在想这件事。"她示意赖特夫人准备起身。

"餐厅……"赖特夫人胆怯地说，"就看一眼？"

"夫人。"朱利安叔叔在轮椅上努力地欠了欠身，赖特夫人赶紧走到门边，替他打开门。"就在过道对面。"朱利安叔叔说，她跟在后面。"我欣赏有适度好奇心的女性，夫人；我即刻就能看出来，您对一睹悲剧现场有着极大的热情；它就发生在这个房间，我们至今依然每晚在这里吃饭。"

我们可以清楚地听到他的声音；他显然正绕着我们的餐桌移动，赖特夫人在门口看他。"您可以看到，我们的餐桌是圆形的。现在只剩下我们几个少得可怜的人，桌子是太大了，但毕竟我们并不想换掉这个有纪念意义的桌子，如果给这个房间拍一张照片，一度任何一家报纸都会愿意花大价钱购买。我们曾经是一个大家庭，您记得吧，一个快乐的大家庭。我们之间有小矛盾，当然，我们中不是每一个人都很有耐心的；我也可以说我们有争吵。没什么太严重的，夫妻兄弟姐妹不会总是互相看得顺眼。"

"那么她为什么——"

"是的，"朱利安叔叔说，"那**的确**很令人费解，难道不是吗？我的哥哥作为一家之主，自然是坐在桌子的头上，那边，背朝窗户，面对玻璃水瓶。约翰·布拉克伍德对他的桌子、他的家庭和他在这个世界上的位置感到自豪。"

"她从来没见过他。"海伦·克拉克说。她生气地看看康斯坦丝。"我清楚地记得你的父亲。"

面孔会在记忆里逐渐消逝,我认为。如果我在村里见到赖特夫人,我怀疑自己是否还能认出她来。如果赖特夫人在村里从我身边走过,我怀疑她会视而不见;也许赖特夫人太胆小了,以至于她根本不敢抬头看别人的脸。她的那杯茶和她的那一小块朗姆蛋糕,依然在桌上原封未动。

"**而且**我是你母亲的好朋友,康斯坦丝。这正是我觉得可以开诚布公地跟你谈谈的原因,为了你自己好。你的母亲会想要——"

"——我的大嫂是一个娇弱的女人。你能在会客室里看到她的画像,看到在她的皮肤下面精致的下颌线。她可能生来就是一个悲剧人物,尽管她有一点点傻。在餐桌上,坐在她右边的是我自己,当时我还年轻,还没有残疾,我是自那晚之后才变得如此无能的。我的对面坐着托马斯——我曾经有一个侄子,我的哥哥有一个儿子,您知道吗?当然了,您一定看过对他的报道。当时他十岁,遗传了很多他父亲性格中强硬的地方。"

"他吃了最多的糖。"赖特夫人说。

"唉,"朱利安叔叔说,"当时我哥哥的另一边坐着他的女儿康斯坦丝和我的妻子桃乐茜,她让我有幸与她共命运,虽然我想,她不曾料到她的黑莓上会有砒霜这么厉害的毒药。家里的另一个小孩,我的侄女玛丽·凯瑟琳,没有坐在桌边。"

"她在她的房间里。"赖特夫人说。

"一个很好的十二岁小孩，没给吃晚饭就被送上床了。但她不用我们担心。"

我大笑起来，康斯坦丝对海伦·克拉克说："玛丽凯特总是挨罚。我过去常常等我父亲离开餐厅后，用一个托盘盛晚饭，从后面的楼梯上去给她送饭。她过去是一个不听话的淘气小孩。"她冲我笑笑。

"一个不健康的环境，"海伦·克拉克说，"小孩做错事情应该受罚，但应该让她感到大人依然爱她。**我**永远也不会容忍小孩撒野。现在我们真的**必须**……"她又开始戴上手套。

"——烤春羔腿，配上用康斯坦丝花园里的薄荷做的薄荷果冻。春季上市的马铃薯、嫩豌豆、色拉菜，也都是来自康斯坦丝的花园。我记得很清楚，夫人。那顿饭依然是我最喜欢的餐食之一。当然，我对那顿饭的所有细节都做了详尽的记录，事实上，我是详细记录了那一整天。您会看到晚餐是如何围绕我的侄女展开的。当时是初夏，她的花园长得很好——那一年的气候很宜人，我记得；我们自那以后就没见过如此美好的夏季，也可能只是因为我越来越老了。我们倚仗康斯坦丝提供各种只有她能提供的小美味；我当然不是指砒霜。"

"嗯，黑莓是重要的一环。"赖特夫人听上去声音略有些嘶哑。

"您的思路真清晰，夫人！如此精确无误。我能看出来您将要问我，她为什么会想到用砒霜。我的侄女不具备行事如此含蓄精明的能力，幸运的是，她的律师在庭审时也这么说了。康斯坦丝不用出门就能获取一堆大家不认识的致命毒物；她可以给你吃毒堇酱，一种欧芹类的植物，吃了会让你立刻瘫痪和死亡。她可以做一点好看的曼陀罗或类叶升麻果酱，她可以在色拉里加一些 *Holcus lanatus*，就是富含氢氰酸的绒毛草。这些东西我都有记录，夫人。致命的龙葵跟西红柿是同属植物；假如康斯坦丝把它调味后做成酱菜给我们吃，我们，我们中的任何一个人会有先见之明地拒绝吗？或者就拿蘑菇来说吧，蘑菇历来就是极具欺骗性的毒药。我们都爱吃蘑菇——我侄女做的蘑菇煎蛋卷，夫人，您得尝过才能知道有多美味——还有常见的死帽蕈——"

"就不该让她做饭。"赖特夫人激动地说。

"是啊，当然，这是我们麻烦的根源。诚然，是不该让她做饭，如果她的用意是用毒药毁灭我们所有人；在这种情况下，我们鼓励她做饭就是盲目的无私。但她被判无罪了。不仅是行为被判无罪，用意也被判无罪了。"

"布拉克伍德夫人为什么不自己做饭？"

"拉倒吧。"朱利安叔叔的声音有点颤抖，就算他不在我的视野里，我也知道他在做什么手势。他会抬起一只手，手指分开，他会在指缝间朝她微笑，这是朱利安叔叔献殷勤的一个手势，我看他对康斯坦丝用过。"我个人宁可冒吃到砒霜的危险。"朱利安叔叔说。

"我们必须回家了，"海伦·克拉克说，"我不知道露西尔是怎么了。我们来之前，我嘱咐过她不要提这事的。"

"今年我要保存野草莓，"康斯坦丝对我说，"我在靠近花园尽头的地方，发现了一大片野草莓。"

47

"她这样真是太失礼了，她一直在让**我**等。"

"——糖碗就放在餐具柜上，有分量的银质糖碗。它是一件传家宝；我哥哥非常珍视它。你会对那个碗感到好奇，我想。我们还在用它吗？你想知道；它被清洗过了吗？你很可能会问；它被彻底洗干净了吗？我能立刻让您放心。我的侄女康斯坦丝在医生和警察来之前，就把它洗干净了，您得承认那不是一个洗糖碗的恰当时刻。吃晚饭用的其他碗碟还留在桌上，但我的侄女把糖碗拿去厨房，倒空后，用沸水把它彻底擦洗干净。那是一个奇怪的举动。"

"里面有一只蜘蛛。"康斯坦丝对着茶壶说。我们用一只布满玫瑰花图案的小碗装喝茶所需的糖块。

"——里面有一只蜘蛛，她说。她正是这么告诉警察的。那是她洗碗的原因。"

"好吧，"赖特夫人说，"的确，看来仿佛是她本可以想一个更好的理由。就算里面真有一只蜘蛛——我的意思是，你还是不该洗碗——我的意思是，你可以就把蜘蛛捉**出来**。"

"您会给出什么样的理由呢，夫人？"

"哎，我从来没有杀过任何人，所以我不知道——我的意思是，我不知道我会说什么。就说闪现在我脑海里的第一个念头吧，我猜想。我的意思是，她当时一定是很心烦意乱。"

"相信我，肉体上的剧痛是很可怕的；您说您从来没有尝过砒霜，那滋味很不好受。我为他们所有人深感遗憾。我自己的剧痛持续了好几天；我肯定康斯坦丝会对我致以最深刻的同情，但当然，到了那个时候，基本上都见不到她。他们立刻就逮捕了她。"

赖特夫人的语气更坚决了，几乎带着一种勉强的热情。"自从我们搬到这里后，我就总是想，这是一个跟你们碰面，**真正**弄清楚发生了什么的好机会，因为当然了，一直有一个问题，一个没人能回答的问题；当然，我几乎没指望能跟你聊一聊，但是你瞧。"餐厅传来椅子被挪动的声响，赖特夫人显然是决定坐下来了。"首先，"她说，"她买了砒霜。"

"为了杀老鼠。"康斯坦丝对着茶壶说，然后她转头对我笑笑。

"为了杀老鼠，"朱利安叔叔说，"砒霜唯一其他的常见用途是在动物标本剥制术里，我的侄女几乎不可能假装拥有那方面的应用知识。"

"她烧了晚饭。她摆好了桌子。"

"我承认这个女人让我吃惊，"海伦·克拉克说，"她看上去是如此娇小文静。"

"是康斯坦丝看着他们，在她身边，像苍蝇一样逐渐死掉——我必须请您原谅——而且她始终没有叫医生，直到一切为时已晚。她还洗了糖碗。"

"碗里有一只蜘蛛。"康斯坦丝说。

"她跟警察说这些人都该死。"

"她很激动，夫人。可能那句话是口误。我的侄女不是一个狠心的人；此外，当时她以为我也是他们中的一个，尽管我该死——我们都该死，难道不是吗？——但我觉得，我侄女不是那个会指出这点的人。"

"她跟警察说一切都是她的错。"

"哦，"朱利安叔叔说，"我认为她犯了一个错误。诚然，起初她觉得是她做的饭造成了这一切，但我认为她认下所有的指责，有点操之过急了。要是她来请教我的话，我会建议她不要摆出这种态度；这样有点自怨自艾。"

"但最大的、尚未被回答的问题是**为什么**。为什么她要这么做？我的意思是，除非我们都同意康斯坦丝是一个杀人狂——"

"您已经见过她了，夫人。"

"我已经什么？噢，天哪，是的。我完全忘记了。我似乎记不住那个漂亮的年轻姑娘实际上是——哎。你们家实施大屠杀的凶手一定是有一个理由的，布拉克伍德先生，即使只是某个变态的、扭曲的——哦，哎呀。她是一个如此迷人的姑娘，你的侄女；我不记得自己像喜欢上她这样，喜欢上别人。但假如她**是**一个杀人狂——"

"我要走了。"海伦·克拉克站起来，猛地使劲夹紧胳膊下的手提包。"露西尔，"她说，"我要走了。我们待得够久了，再待下去完全不成体统；已经过了五点。"

赖特夫人急忙跑出餐厅，心慌意乱。"我真是太抱歉了，"她说，"我们在聊天，我忘了时间。哦，天哪。"她跑到她的椅子边，拾起她的手提包。

"您连一口茶都没喝。"我说，就是想看她脸红。

"谢谢你。"她说，她低头看了一眼她的茶杯，脸红起来，"茶很好喝。"

朱利安叔叔在房间中央停住他的轮椅，开心地在胸前叉着手。他看看康斯坦丝，然后抬头冷静且严肃地凝视着天花板。

"朱利安，再见，"海伦·克拉克简短地说，"康斯坦丝，抱歉我们待了那么久；这是不可原谅的。露西尔？"

赖特夫人看上去像是一个知道自己将要受罚的小孩，但她没有忘记礼仪。"谢谢你。"她对康斯坦丝边说边伸出手，接着又立刻把手快速收了回来。"我在这儿聊得很开心。再见。"她对朱利安叔叔说。她们走到门厅里，我跟在后面，好在她们离开后锁门。海伦·克拉克不等可怜的赖特夫人完全坐进车里，就发动了汽车，当汽车沿车道开走时，我听到赖特夫人最后发出了一声尖叫。我大笑着走回到会客室里，走到康斯坦丝身边，亲吻她。"一场很棒的茶会。"我说。

"那个让人难以忍受的女人，"康斯坦丝重新把脑袋靠在沙发上，笑着说，"没教养，做作，愚蠢。我从来不明白她为什么一直坚持来这儿。"

"她想要改造你。"我拿起赖特夫人的茶杯和朗姆蛋糕，把它们放到茶盘上。"可怜的小赖特夫人。"我说。

"你老是逗她，玛丽凯特。"

"可能有一点。别人害怕时，我就忍不住想逗他们；我总是想让他们更加害怕。"

"康斯坦丝？"朱利安叔叔转动轮椅，面对她问，"我表现得怎么样？"

"非常好，朱利安叔叔。"康斯坦丝站起来，走到他面前，轻

51

轻地摸摸他衰老的脑袋。"您根本就不需要您的笔记。"

"那事真的发生过吗？"他问她。

"当然发生过。我带您去您的房间，您可以查看您的报纸剪报。"

"我想现在还是不去查了。这是一个极好的下午，但我想我是有点累了。我会一直休息到吃晚饭。"

康斯坦丝推着轮椅，走在过道里，我拿着茶盘跟在后面。我被允许拿脏盘子，但我不能洗它们，所以我把托盘放在厨房的桌子上，看着康斯坦丝把盘子摞在水池边，等晚点再洗，看着她清扫地上牛奶壶的碎片，看着她拿出土豆开始准备晚餐。最后我不得不问她：这种想法已经让我一下午都感觉寒意阵阵了。"你会做她说的事情吗？"我问她，"海伦·克拉克说的事情？"

她没有假装没听懂。她站在那里，注视着她自己正在干活的双手，微微一笑。"我不知道。"她说。

三

　　一个改变正在降临，但没人知道，除了我。康斯坦丝可能有
所怀疑；我发现她偶尔站在她的花园里，却没有低头看她正在侍
弄的植物，也没有回看我们的房子，而是向外、朝着遮蔽围栏的
树木望去，有时她好奇地长久凝视车道，仿佛是想知道沿着它走
去门边是什么感觉。我关注着她。海伦·克拉克来喝茶后的那个
星期六早上，康斯坦丝看了车道三次。在茶会上受累后，星期六
早上朱利安叔叔感觉不好，他待在厨房隔壁他温暖的房间里，躺
在床上望着枕头边的窗户外面，时不时地大喊，让康斯坦丝注
意他。就连乔纳斯都很焦躁——它正在发癫，我们的母亲过去常
说——它无法安静地睡觉；改变正在降临的所有那些天里，乔纳
斯都坐立不安。它会突然从沉睡中惊醒，抬起脑袋，仿佛是在聆
听什么，接着它站起来，一口气跑上楼梯，横越过床，绕一圈，
在各扇门里进进出出，然后跑下楼梯，穿过走廊，跑到会客室的
椅子边，绕桌子转一圈，穿过厨房，跑到外面的花园里，它在花
园里放慢脚步闲逛一会儿，又停下来舔舔爪子和耳朵，看一眼天
气。晚上我们能听到它跑来跑去，我们躺在床上能感觉到它从我
们的脚上走过，横冲直撞地发癫。

　　所有的征兆都预示着改变。周六早晨我醒来，觉得自己听到
他们在喊我；他们想要我起床，我是这样以为的，直到我完全醒

透，记起来他们全都已经死了；康斯坦丝从来都不会叫醒我。那天早上，当我穿好衣服来到楼下时，她正等着给我做早餐，我告诉她："今天早晨，我想我听到他们喊我了。"

"你快点吃早饭，"她说，"今天又是天气很好的一天。"

天气好的早晨，吃完早饭，如果我不用去村里，我也有活儿要干。周三早晨，我总是绕栅栏走一圈。我必须经常检查以确保铁丝没有断，门也锁得很牢。我可以自己干些修理的活儿，把断掉的铁丝重新接起来，把松掉的铁丝缠紧，在每个星期三早晨，知道我们能安全地再过上一周，是一件快乐的事情。

周日早晨，我会检查我的安保措施，它们是我埋在小溪边的一盒银元，埋在长草甸里的娃娃，以及钉在松树林里的一棵树上的本子；只要它们都在我安放它们的地方，就没有任何东西能进来伤害我们。我总是把东西埋在地里，小时候就是如此；我记得自己曾经把长草甸分成四份，在每一个区域里都埋了一点东西，为了让草随着我长大而长高，这样我就能一直躲在那里了。我曾经在小溪的河床里埋了六颗蓝色的弹珠，为了让小溪之上的河干枯。"这儿有些你可以埋的宝贝。"我小时候康斯坦丝常常边说边给我一枚硬皮或一段颜色鲜艳的彩带；我的乳牙一颗颗掉下来时，我把它们全都埋了起来，或许有一天它们都能长成巨龙。我埋在地下的宝贝充实着我们所有的土地，就在地表之下密实地藏着我的弹珠、我的牙齿和我的彩色石头，所有这些东西现在可能都变成了珠宝，它们在地下同心协力构成了一张紧绷的强力大网，永不松懈，牢牢地守护着我们。

周二和周五，我会去村里，周四则是我最厉害的一天，我会去宽敞的阁楼里穿他们的衣服。

周一，我们清扫房子，我和康斯坦丝，带着拖把和抹布去每个房间，打扫掸灰后，仔细地把每件小东西都物归原处，从来不会摆歪我们母亲的玳瑁梳子。每年春天，我们为新的一年清洗擦亮房子，但每周一我们还是会整理房间；他们的房间里极少有灰尘，但就连那么一点点灰尘，也是不许存在的。有时康斯坦丝试图整理朱利安叔叔的房间，但朱利安叔叔不喜欢被打扰，也不喜欢别人动他的东西，于是康斯坦丝只能洗洗他的玻璃药瓶，给他换换床上用品。我是不许去朱利安叔叔的房间的。

周六早上，我帮康斯坦丝做事。我不被允许碰刀，但她在花园里干活时，我负责照看她的工具，把它们擦得锃亮，我搬运一大篮一大篮的鲜花，有时则是康斯坦丝采摘下来做菜用的蔬菜。我们房子的整个地窖都装满了食物。所有布拉克伍德家的女人都制作保存食物，并自豪于为我们家地窖里的丰沛食物储备作出贡献。地窖里有一罐罐曾祖母们做的果酱，标签上纤细暗淡的字迹现在几乎都难以辨认了，有姑婆们做的酱菜和我们祖母保存的蔬菜，连我们的母亲也留下了六罐苹果冻。康斯坦丝一辈子都在为地窖里的食物储备添砖加瓦，她做的一排排罐头是最漂亮的，一下子就能从其他罐头中脱颖而出。"你像埋藏宝贝一样埋藏食物。"我有时跟她说。一次她回答我说："食物来自土地，不能留它们在那里烂掉；必须用它们来做些**什么**。"所有布拉克伍德家的女人都采集来自土地的食物，并把它们保存起来，一排排深色的果酱和腌菜，罐装的蔬菜和水果，绛紫色、琥珀色和浓郁的深绿色紧挨着摆在我们的地窖里，永远待在那里，它们是布拉克伍德家女人们写的一首诗。每年康斯坦丝、朱利安叔叔和我都会吃康斯坦丝做的果酱、蜜饯和腌菜，但我们从来不碰属于其他人的罐头；康斯坦丝说，如果我们吃其他人做的罐头，我们会死掉。

这个周六早晨，我吃的是涂杏子酱的烤吐司，我想象康斯坦丝制作它们，并小心翼翼地把它们放好，以供我在某个晴朗的早晨享用，却做梦也没想到不等这罐果酱被吃完，一个改变就会降临。

"懒惰的玛丽凯特，"康斯坦丝对我说，"别再边吃吐司边做白日梦了；今天天气很好，我想请你在花园里帮忙。"

她正在准备朱利安叔叔的餐盘，她把热牛奶倒进一只画着雏菊花纹的大壶里，把他的热吐司切成正方形的小块；要是任何东西看上去偏大或吃起来不方便，朱利安叔叔就会把它们剩在盘子上。康斯坦丝总是把朱利安叔叔的早餐放在托盘上，送进他的房间里，因为他晚上睡不好，有时他在黑暗里醒着，等待早晨的第一缕亮光，等待康斯坦丝端着餐盘进来安慰他。有些夜晚，他的心脏痛得要命，他可能会比平时多吃一颗药，然后昏昏沉沉地躺一上午，不愿喝一口热牛奶，却希望康斯坦丝在他卧室隔壁的厨房忙碌，或在花园里干活，这样他就能躺在枕头上看她。在他感觉很好的早晨，她把他推进厨房来吃早餐，他会坐在角落里的旧书桌旁，边吃早餐边研究他的文稿，他的笔记上总是撒满了食物的碎屑。"假如我能活下来，"他总是对康斯坦丝说，"我会自己来写这书。如果不能，请把我的笔记托付给一个不会太在乎事情真假、善于挖苦的人。"

我想要对朱利安叔叔好一点，于是这天早上，我希望他能享用他的早餐，并且之后能坐着轮椅出来，在花园里坐着晒晒太阳。"或许今天会有一朵郁金香盛开。"我从敞开的厨房门望出去说，外面阳光明媚。

"明天之前是不会开花的，我想，"康斯坦丝说她对花期总是了如指掌，"今天你出去逛的话，记得穿靴子；树林里依然相当潮湿。"

"一个改变就快降临了。"我说。

"现在是春天了，小傻瓜。"她说着拿起朱利安叔叔的餐盘，"我不在时，不要跑开；有活要干呢。"

她打开朱利安叔叔的房门，我听到她对他说早上好。当他回答早上好时，他的声音听起来很老，我知道他感觉不好。康斯坦丝将不得不一整天都陪在他的身边。

"你爸爸回来了吗，孩子？"他问她。

"没有，今天没回来。"康斯坦丝说，"让我再给您拿一只枕头。今天天气很好。"

"他是一个大忙人，"朱利安叔叔说，"给我拿支笔来，亲爱的；我想把这记下来。他是一个大忙人。"

"喝点热牛奶，它会让您暖和一点。"

"你不是桃乐茜。你是我的侄女康斯坦丝。"

"喝牛奶。"

"早上好，康斯坦丝。"

"早上好，朱利安叔叔。"

我决定我要选择三个法力强大的词，有强大保护力的词，只要这些超乎寻常的词永远不被大声说出来，就不会有任何改变降临。我写下第一个词——"旋律"——我用调羹柄在吐司上的杏子酱里写出这个词，然后把吐司放进嘴里，很快把它吃掉。我安全了三分之一。康斯坦丝拿着托盘，从朱利安叔叔的房间里走出来。

"他今天早上感觉不好，"她说，"大部分的早餐，他都没有吃，而且他很累。"

"假如我有一匹长着翅膀的马，我可以把他送去月球；他在那儿会更舒服。"

"之后，我会带他出去晒太阳，或许给他做一点蛋酒。"

"一切在月球上都很安全。"

她冷淡地看看我。"蒲公英嫩叶，"她说，"还有小萝卜。我本想今天上午在菜园里干活，但我不想留朱利安叔叔一个人。我希望胡萝卜……"她用手指轻轻地敲着桌子，思考着。"大黄①。"她说。

我把自己的早餐盘子拿过去，在水池里放下，我正在选择我的第二个魔法词，我想"格洛斯特"②还不错。它很强大，我想，

---

① 这里说的大黄不同于中药里的大黄，而是指一种蓼科植物。它类似三角形的大叶子有毒，但红色的叶柄却可以食用。尽管它不是水果，却常常被当作水果来用，常见的做法是把它的叶柄跟糖一起煮，然后用来做派之类的甜食的内馅。

② 格洛斯特（Gloucester）是一个地名，可以指英国西南部的一个城市，也可以指美国马萨诸塞州里的一个城市。

它一定能胜任，虽然朱利安叔叔可能会想起它，他什么词都有可能说，朱利安叔叔说话时，没有哪个词是真正安全的。

"为什么不给朱利安叔叔做一个派呢？"

康斯坦丝微微一笑。"你的意思是，为什么不给玛丽凯特做个派吧？你要我做一个大黄派吗？"

"我和乔纳斯都不喜欢大黄。"

"但它的颜色是最最漂亮的；没什么东西摆在架子上会比大黄酱更好看。"

"那么就做了摆在架子上看吧。给我做一个蒲公英派。"

"小傻瓜，玛丽凯特。"康斯坦丝说。她穿着一条蓝色的连衣裙，阳光在厨房地板上勾绘出图案，外面的花园开始显得五彩缤纷。乔纳斯蹲在台阶上舔毛，康斯坦丝开始边洗盘子边唱歌。我安全了三分之二，只需再找一个魔法词就行了。

朱利安叔叔还在睡觉，康斯坦丝决定离开五分钟，跑去菜园尽其所能摘一些菜；我坐在厨房的桌子旁，听着朱利安叔叔的动静，这样假如他醒来，我就能叫康斯坦丝，但她回来时，他依然悄无声息。我吃着清甜的小胡萝卜，康斯坦丝洗菜并把它们放好。"我们有春季色拉吃了。"她说。

"我们逐渐把一年吃掉。我们吃掉春季夏季和秋季。我们等东西长出来，接着再吃掉它。""小傻瓜，玛丽凯特。"康斯坦丝说。

厨房时钟走到十一点二十分时，她脱下围裙，瞄了一眼朱利安叔叔，接着像往常一样上楼回她的房间里，直到我叫她。我走到前门，打开门锁，打开门，这时医生的汽车恰好拐上了我们的车道。他总是匆匆忙忙的。他迅速停下汽车跑上台阶，"早上好，布拉克伍德小姐。"他说着从我身边经过，走进门厅，走到厨房时，他已经脱掉外套，准备把它挂在一把厨房椅的椅背上了。他没瞄我或厨房一眼，就直接朝朱利安叔叔的房间走去，接着当他打开朱利安叔叔的房门时，他却瞬间绅士地立定了。"早上好，布拉克伍德先生，"他说声音很从容，"今天情况怎么样？"

"那个老傻子在哪里？"朱利安叔叔一如往常地问，"为什么杰克·梅森没来？"

他们都死掉的那晚，康斯坦丝叫来的就是梅森医生。

"梅森医生今天来不了。"医生总是这么回答，"我是莱维医生。由我来给您看病。"

"宁可要杰克·梅森。"

"我会尽我所能。"

"早说了我会比那个老傻子活得长。"朱利安叔叔中气不足地笑笑，"为什么你要在我面前装模作样？杰克·梅森三年前就死了。"

"布拉克伍德先生，"医生说，"很高兴能有您这样的病人。"他轻手轻脚地关上门。我想用"洋地黄"做我的第三个魔法词，但它太容易被人说出来了，最后我决定选择"珀加索斯"①。我从橱柜里拿出一只玻璃杯，口齿格外清晰地对着杯子说出这个词，

---

① 珀加索斯是希腊神话里一匹生有双翼的神马，被其足蹄踩踏过的地方有泉水涌出，诗人饮之可获灵感。

然后在杯子里注满水，喝下去。朱利安叔叔的房门开了，医生在门口站了一会儿。

"好吧，记住，"他说，"我下周六来看您。"

"庸医。"朱利安叔叔说。

医生微笑着转身，然后微笑消失，他又开始匆匆忙忙了。他拿起外套朝门厅走去。我跟着他，我走到前门时，他已经走下台阶了。"再见，布拉克伍德小姐。"他说，没有环顾四周，而是坐进车里，立刻发动，越开越快，直到他通过门拐上高速。我锁好前门，走到楼梯底下。"康斯坦丝?"我喊道。

"来啦，"她在楼上说，"来啦，玛丽凯特。"

这天的晚些时候，朱利安叔叔感觉有所好转，他坐在外面温暖的午后阳光里，双手交叉放在腿上，半梦半醒。我躺在他附近的大理石长凳上，我们的母亲过去常常喜欢坐在这里，康斯坦丝跪在泥地里，双手埋在土里，仿佛她正在从土里长出来，她揉捏泥土，触摸着植物的根须。

"那是一个天气很好的早晨，"朱利安叔叔说，絮絮叨叨，没完没了，"一个晴朗美好的早晨，他们没有一个人知道这是他们最后的一天。起初她在楼下，我的侄女康斯坦丝。我醒来，听到她在厨房里走动——那时我睡在楼上，还能爬楼梯，我跟我的妻子睡在我们的房间里——我想，今天早上天气很好，压根没想到这会是他们的最后一天。然后，我听到我的侄子——不，是我的哥哥；我的哥哥在康斯坦丝后第一个下楼。我听到他吹着口哨。康斯坦丝?"

"什么事？"

"我哥哥过去常常吹，却总是走音的，是什么曲调？"

康斯坦丝思考起来，她的手埋在地里，轻轻地哼着，我感到一阵寒意。

"当然。我从来就没什么乐感；我能记得别人的模样，他们说了什么，他们做了什么，却从来都不记得他们唱的是什么。在康斯坦丝后面下楼的是我的哥哥，他当然从不在乎他的动静和口哨声是否会吵醒别人，从来不考虑或许我还在熟睡，虽然我碰巧已经醒了。"朱利安叔叔叹了一口气，抬头好奇地环顾了一遍花园。"他压根不知道这是他在这个世上的最后一个早晨。他或许会更安静一点，要是他知道的话，我想。我听到他在厨房跟康斯坦丝在一起，我对我的妻子说——她也醒了；他的噪音把她吵醒了——我对我的妻子说，你最好起来穿好衣服；毕竟我们跟我的哥哥和他的妻子一起住在这里，我们必须记住，随时随地向他们展示我们的友好和真诚想要帮忙的心；穿好衣服下楼，去厨房里陪着康斯坦丝。她照我说的做了；我们的太太们总是很听话，但我的嫂子那天早晨却在床上躺到很晚；或许，她有所预感，想尽量享受她在这个世上的休息时光。我听到了他们每一个人的动静。我听到男孩下楼。我想到穿衣服；康斯坦丝？"

"在，朱利安叔叔？"

"那个时候，我依然可以自己穿衣服，你知道的，但那是最后一天。那时我依然可以自己走动，自己穿衣服，自己吃饭，而且我没有痛苦。那时我像一个强健男人一样睡得很好。我不年轻了，但我身体强健，我睡得很好，我依然可以自己穿衣服。"

"您想要在膝盖上搭一块毯子吗？"

"不用，亲爱的，谢谢你。你是我的好侄女，虽然有依据让人猜想你是一个不孝的女儿。我的嫂子在我之前下楼。我们早餐吃了薄烤饼，热乎乎的小薄烤饼，我的哥哥吃了两只煎蛋，我的妻子——尽管我不鼓励她大吃大喝，因为我们是跟我哥哥住在一起——主要是吃了香肠。家里自制的香肠，康斯坦丝做的。康斯坦丝？"

"怎么了，朱利安叔叔？"

"我想，要是我知道这是她的最后一顿早餐，我会允许她吃更多香肠的。现在回想起来，我惊讶于居然没人料到这是他们的最后一个早晨；要是他们知道，**当时**他们或许就不会吝惜地不给我的妻子多吃香肠。我的哥哥有时会讲我们吃东西，我和我的妻子；他是一个公正的人，从不吝惜他的食物，只要我们别吃太多。那天早晨，他注视着我的妻子拿香肠吃，康斯坦丝。我看到他盯着她了。我们从他那里索取得够少了，康斯坦丝。他吃了薄烤饼、煎蛋和香肠，但我感觉到他会讲我的妻子；男孩吃得可多了。那天的早餐相当丰盛，让我很高兴。"

"我下周可以给您做香肠，朱利安叔叔；我想家里自制的香肠不会让您吃了不舒服，如果您只吃一点点的话。"

"我的哥哥从不吝惜我们的食物，如果我们不吃太多的话。我的妻子帮忙洗碗的。"

"我很感谢她。"

"我现在想起来，她可能做了更多。她给我的嫂子做伴儿，她负责洗我们的衣服，她每天早上帮忙洗碗，但我相信我的哥哥觉得她可以干更多的活儿。他吃完早饭，出门去跟人谈正事了。"

"他想请人搭一个藤架；他的计划是开始搞一个葡萄藤架。"

"这让我听了很遗憾；本来我们现在可能吃上我们自己种的葡萄做的果酱。他不在的时候，我总是能跟人聊天聊得更好；我记得那天早上，我陪女士们聊天，我们就在花园里，坐在这儿。我们谈论音乐；我的妻子相当爱好音乐，虽然她从没学过乐器。我的嫂子品位很雅致；人们总是说她品位很雅致，她通常会在晚上弹琴。当然那天晚上她没有弹。那天晚上她弹不了。那天早上，我们以为她会像往常一样在晚上弹琴。你记得那天早上，我在花园里很健谈吗，康斯坦丝？"

"我当时正在给蔬菜除草，"康斯坦丝说，"我可以听到你们都在笑。"

"那天我很风趣；我现在为此感到高兴。"他沉默了一会儿，不停地反复叉起双手。我想要对他好一点，但我无法替他叉起双手，我不能为他做任何事，于是我躺着一动不动地听他讲话。康斯坦丝皱起眉头，凝视着一片树叶，它的影子在草地上轻盈地移动。

"男孩跑去其他什么地方了。"朱利安叔叔最后用他悲伤沧桑的声音说，"男孩跑去其他什么地方了——他是去钓鱼了吗，康斯坦丝？"

"他在爬栗子树。"

"我记得。当然了。我清楚地记得所有的一切，亲爱的，我把它们全都写进我的笔记里了。那是他们所有人的最后一个早晨，我不想忘记。他在爬栗子树，从树上很高的地方对下面的我们大喊大叫，还往下丢小树枝，直到我的嫂子严厉地说他。她不喜欢小树枝掉在她的头发里，我的妻子也不喜欢，但她从来都不会是第一个开口说的人。我想我的妻子对你的母亲很客气有礼，康斯坦丝。我觉得她不可能没礼貌；我们住在我哥哥的房子里，吃他的喝他的。我知道我的哥哥是回家吃的午饭。"

"我们吃了一只家兔，"康斯坦丝说，"我一上午都在侍弄蔬菜，于是我不得不为午饭做个快手菜。"

"我们吃了一只家兔。我经常好奇为什么砒霜没有被放在家兔里。这是一个有趣的观点，我将在我的书里有力地指出。为什么砒霜没有被放在家兔里？如果放在家兔里，最后那天他们还会早死几个小时，但一切也会早很多了结。康斯坦丝，要是说有哪个你做的菜是我非常不喜欢的话，那就是家兔。我从来都不喜欢吃家兔。"

"我知道的，朱利安叔叔。我从来都没烧给你吃过。"

"家兔本是最适合下砒霜的菜。我没吃它，而是吃了一盘色拉，我记得。甜点是前一晚剩下的苹果布丁。"

"太阳正在下山。"康斯坦丝起身擦掉手上的泥，"您会冻着的，我送您进屋。"

"砒霜放在家兔里远要合适许多，康斯坦丝。奇怪的是，这点当时从未被提及。砒霜是没有味道的，你知道，但我发誓家兔却不是。我要去哪里？"

"您要回屋里去。您在您的房间里休息，直到吃晚饭，晚饭后，如果您想听，我会给您弹琴。"

"我没时间，亲爱的。我有数不清的细节需要回忆，并记录下来，一分钟也不能浪费。忘记他们最后一天里的任何一件小事，都会让我悔恨交加；我的书一定得完成。我想，整体而言，对他们来说，那是愉快的一天，当然更好的是，他们从没料到这是他们的最后一天。我想我是有点冷了，康斯坦丝。"

"您很快就能蜷进屋里了。"

我慢慢地走在他们的后面，不情愿地离开天气渐暗的花园；乔纳斯尾随我，朝房子里的亮处走去。当我和乔纳斯进屋时，康斯坦丝恰好在关上朱利安叔叔的房门，她朝我微笑。"他已经都睡着了。"她轻柔地说。

"当我跟朱利安叔叔一样老时，你也会照顾我吗？"我问她。

"假如我还在的话。"她说，我感到一阵寒意。我抱着乔纳斯坐在角落里，看着她轻快地在我们明亮的厨房里移动。过几分钟，她会叫我在餐厅为我们三人摆好桌子，然后吃好晚饭，就是夜晚了，我们会一起坐在暖和的厨房里，房子保护着我们，没人能从外面看到任何一丝光线。

66

四

周日早晨，改变又迫近了一天。我下定决心不去想我选中的那三个魔法词，不让它们进入我的脑海，但改变的气息是如此浓烈，根本无法回避；改变像雾气一般弥漫在楼梯、厨房和花园里。我无法忘却我的魔法词；它们是"旋律""格洛斯特"和"珀加索斯"，但我拒绝让它们进入我的脑海。周日早晨，天气让人不舒服，我想这可能是乔纳斯发癫终于成功了；阳光射进厨房里，但天上的云移动很快，我吃早饭时，能感受到厨房里进进出出的阵阵冷风。

"假如你今天出去逛的话，记得穿靴子。"康斯坦丝嘱咐我。

"我想今天朱利安叔叔不会去户外坐了，对他而言天太冷了。"

"春天就是这样的。"康斯坦丝微笑着望着外面的花园说。

"我爱你，康斯坦丝。"我说。

"我也爱你，小傻瓜玛丽凯特。"

"朱利安叔叔身体好点了吗？"

"我想是没有。你还在睡觉时，我送早饭给他吃，我觉得他看上去非常疲惫。他说他昨晚多吃了一颗药。我想可能是他的状况在恶化。"

"你担心他吗？"

"是的。非常担心。"

"他会死吗？"

"你知道他今天早晨说了什么吗？"康斯坦丝转身，靠着水池悲伤地看着我。"他以为我是我们的姐姐桃乐茜，他握着我的手说：'变老真是糟糕，就这么整天躺在这里，好奇大限之日什么时候才来。'他几乎吓到我了。"

"你本该让我带他去月球的。"我说。

"我给他喝热牛奶，接着他记起我是谁了。"

我想朱利安叔叔大概是真的很快乐，康斯坦丝和桃乐茜都在照顾他，我告诉自己说，又长又细的东西会提醒我对朱利安叔叔好一点；今天将是围绕又长又细的东西展开的一天，因为已经有一根头发出现在我的牙刷上了，我在头发的一边找到了一小截线，我还看到后面的台阶上断下来一条碎片。"给他做一点布丁。"我说。

"我可能会的。"她取出一把细长的切片刀，放在水池上，"或是一杯可可。今晚给他吃鸡肉配丸子。"

"你需要我帮忙吗？"

"不用，我的玛丽凯特。去玩吧，穿好你的靴子。"

这天外面充斥着变换的光线，乔纳斯跟着我在阴影里窜进窜出。我跑，乔纳斯就跑，我停住不动，它也停下来看着我，接着又快速朝另一个方向跑开，仿佛我们不熟，然后它坐下来，等我再跑。我们朝长草甸走去，今天的长草甸看上去像是一片汪洋大海，不过我从没见过大海；绿草随轻风摆动，白云的影子时隐时现，远处的树木也动来动去。乔纳斯消失在草丛中，草高得足以让我边走边用手触摸它们，乔纳斯自发地扭来扭去，前一刻草会随风集体弯倒，下一刻乔纳斯跑过的地方会迅速形成一大片图形。我从草甸的一角出发，沿对角线朝对面的另一角走去，走到中间，我直接踩到了下面埋着娃娃的那块石头；我总是能找到埋娃娃的地方，但我埋的大部分宝贝都永远地失踪了。这块石头没有被动过，所以娃娃也安然无恙。我正走在埋着宝贝的地里，我想，绿草拂过我的手，我的周围空无一物，只有绿草摇曳的无垠长草甸和它尽头的松树林；我的身后是我们的房子，我的左边远处是隐藏在树木后面、几乎看不见的铁丝栅栏，我们的父亲建起它，以杜绝外人进入。

走出长草甸，我穿过我们称之为"果园"的四棵苹果树，沿着小径朝小溪走去。我埋在小溪边的一盒银元很安全。小溪附近有一个很隐蔽的我的藏身之处，它是我精心搭建并经常使用的地方。搭的时候我拔掉了两三棵矮灌木，平整了地面；它的四周还有其他灌木和树枝，入口处覆盖着一根几乎触地的树枝。其实无须如此隐蔽，因为没人会来这里找我，但我喜欢和乔纳斯一起躺在里面，知道自己永远也不会被发现。我用树叶和枝条做了一张床，康斯坦丝给了我一条毯子。它周围和顶上的树木是如此茂密，所以里面始终很干燥，周日早晨我和乔纳斯一起躺在那儿聆听它的故事。所有猫咪的故事都是以这句陈述开场的："我的妈妈是世上的第一只猫，她跟我讲了这个故事。"我脑袋贴着乔纳斯，躺在那儿聆听。没有改变降临，我在这里时想，只是现在是春天而已；我不该如此害怕。天气会逐渐变热，朱利安叔叔会坐在阳

69

光下，康斯坦丝在花园里干活时，她会开怀大笑，一切都将亘古不变。乔纳斯说啊说（"然后我们歌唱然后我们歌唱"），树叶在头顶移动，一切都将亘古不变。

我在小溪附近发现了一窝小蛇，我把它们都弄死了；我讨厌蛇，康斯坦丝从未叫我不要讨厌它们。我在回去的路上发现了一个很坏的征兆，最最糟糕的迹象。我钉在松树林里的一棵树上的本子掉下来了。我判断是钉子生锈烂掉了，于是这个本子——它是我们父亲的一本小笔记簿，他过去常常用它来记录人名，那些欠他钱以及他认为应该帮他忙的人——就彻底丧失了保护我们的能力。把本子钉在树上前，我用厚实的纸张把它彻底包裹起来，但钉子生锈烂掉了，它就掉下来了。我觉得我最好还是销毁本子，以防万一它现在起的都是极坏的作用，我最好还是另带一样东西出来，比如我们母亲的一条围巾或一副手套。其实，一切都为时已晚了，但我当时并不知道；他已经在来我们家的路上了。我发现本子时，他大概已经把箱子留在邮局，正在问路了。当时我和乔纳斯只知道我们饿了，于是我们一起跑回家风风火火地冲进厨房。

"你真的忘穿靴子了吗？"康斯坦丝说。她试图皱起眉头，但接着却笑了。"小傻瓜，玛丽凯特。"

"乔纳斯没有靴子。今天天气很好。"

"或许明天我们可以一起去采蘑菇。"

"今天我和乔纳斯就饿了。"

这时他已经穿过村庄，在朝黑岩石走了，他经过时，他们所有人都盯着他看，好奇地窃窃私语。

　　这是我们安逸舒缓生活的最后一天，但是正如朱利安叔叔所言，当时我们根本没料到这点。我和康斯坦丝吃午饭时，咯咯地笑着，完全不知道在我们开心的时候，他正试图打开紧锁的门，他沿着小径走来，在树林里乱逛，一度被我们父亲建的栅栏挡在了外面。我们坐在厨房里时，开始下雨了，我们让厨房的门敞开着，这样我们就能观察雨水倾斜地掠过门口，冲刷着花园；康斯坦丝很高兴，就像任何一个园艺爱好者看到下雨高兴一样。"我们很快就能看到外面色彩缤纷起来了。"

　　"我们会一直一起待在这里，对不对，康斯坦丝？"

　　"难道你从未想过要离开这里吗，玛丽凯特？"

　　"我们能去哪里呢？"我问她，"有什么地方会比这里更适合我们呢？外面谁会要我们呢？这世上到处都是可怕的人。"

　　"我有时好奇。"她一度十分严肃，然后她转身对我微笑，"你别担心，我的玛丽凯特。不会发生任何坏事的。"

　　那一刻大概正是他发现入口，开始在雨中快速沿车道往里走的时候，因为再过一两分钟，我就看见他了。我本可以在这一两分钟里做许多事的：我本可以用某种方式向康斯坦丝发出警报，或者我本可以推桌子去横挡住厨房的门口；事情发生时，我摆弄着调羹，望着乔纳斯，康斯坦丝抖了一下，我说："我去给你拿你的毛衣。"于是我去客厅，这时他正走上台阶。我透过餐厅的窗户看见他，有那么一瞬我被震住了，透不过气来。我知道前门锁着；我首先想到了这点。"康斯坦丝，"我轻柔地说，没有移动，"外面

71

有一个人。厨房门，赶快。"我以为她听到我了，因为我听到她在厨房里移动，但其实是朱利安叔叔这时正好也喊她，于是她去了他的房间，留下我们房子的核心毫无防御。我跑到前门，靠在门上，听着外面传来他的脚步声。他敲门，起初敲得很轻，然后敲得坚决起来，我靠在门上，感觉像是敲在我身上，我明白他是多么接近。我已经知道他是其中一个坏人了：我瞥到了一眼他的脸，他是坏人之一，坏人总是会绕一圈圈地走，试图进来，坏人会从窗户看进来，拉扯、捅戳和偷盗纪念品。

他又敲门，接着他喊道："康斯坦丝？康斯坦丝？"

好吧，他们一直是知道她名字的。他们知道她的名字，朱利安叔叔的名字，她的发型，她不得不出庭时穿的三条裙子的颜色，她几岁，以及她如何说话和移动，他们有机会时，就会凑近盯着她的脸，看看她是否在哭。"我想要跟康斯坦丝说话。"他在外面说，他们总是这样。

他们好久没来了，但我并没有忘记他们给我的感觉。一开始，他们总是在那里等着康斯坦丝，就是想见她。"瞧，"他们互相推来挤去，指指点点，"她在那儿，那个人，就是那个，康斯坦丝。""看上去**不像**一个女谋杀犯，不是吗？"他们互相说，"喂，她再出现时，看看你是否能拍下一张她的照片。""这些花，我们一起采一些吧。"他们自在地互相说，"从花园里拿一块石头或其他什么，我们可以带回家给孩子们看。"

"康斯坦丝？"他在外面说，"康斯坦丝？"他又敲门。"我想要跟康斯坦丝说话，"他说，"我有重要的事情要跟她说。"

他们总是想要跟康斯坦丝说重要的事情，无论他们是在推门，在外面叫，在电话里喊，还是在写那些极其可怕的信。有时他们想要见朱利安·布拉克伍德，但他们从来都不要求见我。我没吃晚饭就被送上床了，我不被允许去法庭，没人给我拍照。他们在法庭上盯着康斯坦丝看时，我躺在孤儿院的简易小床上，凝视着天花板，希望他们全部死掉，等着康斯坦丝来接我回家。

　　"康斯坦丝，你能听到我吗？"他在外面喊，"求你就听一小会儿。"

　　我想知道他是否能听到我在门的里面呼吸，我知道他下一步会做什么。首先，他会退得离房子远一点，在雨中窥视，抬头看楼上的窗户，希望能看到有人在朝下看。然后，他会沿着本该只有我和康斯坦丝使用的通道，开始往房子的侧面走。当他发现我们从来不开的侧门时，他会在那里敲门叫康斯坦丝。有时前门和侧门都没人应的话，他们会走开；一些人对于来到这里略感尴尬，并希望他们自己一开始就没费心来这里，因为这里真的没什么可看的，他们本可以省下时间去别的什么地方的——这些人在发现他们无法进来见到康斯坦丝时，通常会匆忙离开，但那些固执的人，他们会绕着房子走啊走，敲每一扇门，拍每一扇窗，我希望这些人全都死掉，陈尸车道。"我们**有权**见她，"他们过去常常这样喊道，"她杀死了所有那些人，难道不是吗？"他们把车开到台阶跟前，停在那儿。他们中的大多数人会仔细地锁好车，确保所有的车窗都关好，才会来不停地敲打房子，大喊大叫康斯坦丝的名字。他们在草地上野餐，站在房子前面互相拍照，让他们的狗在花园里乱跑。他们把自己的名字写在房子的四壁和前门上面。

"瞧，"他们在外面说，"你们**必须**放我进去。"

我听到他走下台阶，知道他正在抬头看。窗户全都锁着。边门也锁着。我才不会傻乎乎地从门两边狭窄的玻璃嵌板往外看呢；他们总是能发现任何最轻微的动静，要是我碰一下餐厅的窗帘，他就会朝房子跑来，边跑边喊："她在那儿她在那儿。"我靠在前门上，想象开门后发现他死在车道上。

他抬头看只会看到房子光秃秃的一面外墙，因为我们总是拉着楼上窗户的窗帘；他不会在那儿得到任何回应，我必须给康斯坦丝找一件毛衣，不能让她再冷得发抖。我可以安全地上楼，但他在外面等着，我想要回到康斯坦丝身边陪她，于是我跑上楼，从康斯坦丝房间里的椅子上抓起一件毛衣，奔下楼，穿过走廊，冲进厨房里，他却正坐在桌子边我的椅子上。

"我有三个魔法词，"我拿着毛衣说，"它们是旋律、格洛斯特、珀加索斯，它们没被大声说出来前，我们都是安全的。"

"玛丽凯特。"康斯坦丝说，她微笑着转过身看着我。"这是我们的堂哥，我们的堂哥查尔斯·布拉克伍德。我立刻就认出他了；他长得很像我们的父亲。"

"哦，玛丽。"他说。他站起来；他在室内看起来更高了，他朝我走来，越走越近，身形也显得越来越大。"不亲一下你的堂哥吗？"

在他身后，厨房的门完全敞开着；他是第一个进到房子里的人，康斯坦丝放他进来的。康斯坦丝站起来，她本该知道不要碰

74

我的，但她却温柔地说"玛丽凯特玛丽凯特"，一边朝我伸出胳膊。我很紧张，整个人犹如被电线捆绑住了，我无法呼吸，我必须逃走。我把毛衣丢在地上，跑到门外，像一贯的那样，跑到小溪边。过了一会儿，乔纳斯找到我，我们一起躺在那里，头上浓密的树冠帮我们挡住雨水，树木总是心照不宣却又占有欲极强地把我们紧紧笼罩在一片浓郁的暗绿色中。我望着树，倾听着柔和的水声。这里没有堂哥，没有查尔斯·布拉克伍德，也没有入侵者。都是因为本子从树上掉下来了，我有所疏忽没有立刻替换它，我们的保护墙开裂了。明天我要找件强劲的东西，把它钉在树上。就在天色变暗的时候，我听着乔纳斯的声音睡着了。夜晚的某个时候，乔纳斯离开我，去捕猎，它回来时，我醒了一下，它紧靠着我取暖。"乔纳斯。"我说，它舒服地咕噜咕噜地哼哼。我一大早醒来时，轻雾缭绕在小溪周围，萦绕、触摸我的脸庞。我躺在那儿笑起来，感受着近乎梦幻的雾气拂过我的眼睛，凝视着头上的树木。

五

我走进厨房时，小溪边的雾气依然尾随着我，康斯坦丝正在把朱利安叔叔的早饭摆在托盘里。今天早晨，朱利安叔叔显然是感觉不好，因为康斯坦丝准备给他喝茶，而不是热牛奶；他一定是醒得很早，要求喝茶。我走到她身边抱住她，她转过身，抱抱我。

"早上好，我的玛丽凯特。"她说。

"早上好，我的康斯坦丝。今天朱利安叔叔好点了吗？"

"好多了，好很多了。而且昨天下雨后，今天会出太阳。晚饭我将做一个巧克力慕斯给你吃，我的玛丽凯特。"

"我爱你，康斯坦丝。"

"我也爱你。好了，你早饭想吃什么？"

"薄烤饼。热乎乎的小薄烤饼。还有两个煎蛋。今天我长着翅膀的马会来，我会带你离开去月球，在月球上我们会吃玫瑰花瓣。"

"一些玫瑰花瓣是有毒的。"

"月球上的没毒。你能种叶子，是真的吗？"

"一些叶子。有绒毛的叶子。你可以把它们放在水里，它们会长出根，然后你把它们种起来，它们就会长成植物。当然，是长成它们最开始的那种植物，而不是任意一种植物。"

76

"不好意思。早上好，乔纳斯。我想，你就像是一片有绒毛的叶子。"

"小傻瓜，玛丽凯特。"

"我喜欢可以长成另外一种不同的植物的叶子。浑身上下都毛茸茸的。"

康斯坦丝哈哈笑起来。"假如我一直听你说话，朱利安叔叔就永远也吃不上早饭了。"她说。她拿起托盘，走进朱利安叔叔的房间。"热茶来啦。"她说。

"康斯坦丝，亲爱的。我想，今天早晨天气棒极了。一个干活的好日子。"

"还很适合坐着晒太阳。"

乔纳斯蹲在洒满阳光的门口，清理着它的脸。我很饿；假如我在草地上朱利安叔叔的椅子通常所在的地点放一根羽毛，他可能今天会好过一点；我不被允许在草地里埋东西。在月球上，我们的头发插着羽毛，手上戴着红宝石。在月球上，我们用金勺子。

"或许今天是开始新一章的好日子。康斯坦丝？"

"在，朱利安叔叔？"

"你觉得我今天应该开始写第四十四章吗？"

"当然。"

"前面有些页需要一点修改润色。像这样的作品从来都写不完。"

"您要我帮您梳头发吗？"

"我想今天早晨我要自己来梳头发，谢谢你。毕竟一个男人的

77

脑袋应该是他自己的责任。我没有果酱了。"

"您要我给您拿一点吗？"

"不用，因为我看到自己已经吃掉了所有的吐司。我午饭想吃煮肝脏，康斯坦丝。"

"您会吃到这个的。您要我拿走您的托盘吗？"

"是的，谢谢你。我要梳头发了。"

康斯坦丝回到厨房里，放下托盘。"现在轮到你了，玛丽凯特。"她说。

"还有乔纳斯。"

"乔纳斯老早吃过早饭了。"

"你会给我种一片树叶吗？"

"最近找一天给你种吧。"她转过头侧耳倾听。"他还在睡觉。"她说。

"谁还在睡觉？我能看它长大吗？"

"查尔斯堂哥还在睡觉。"她说，我顿时有种日子过不下去的感觉。我看见乔纳斯蹲在门口，康斯坦丝站在灶台边，但他们都没有颜色。我无法呼吸，我被紧紧绑住，一切都是冷冰冰的。

"他是一个鬼。"我说。

康斯坦丝笑起来，但笑声听上去很遥远。"那么一个鬼正睡在我们父亲的床上。"她说。"而且鬼昨晚还吃了一顿非常丰盛的晚餐。当时你走开了。"她说。

"我梦见他来。我在地上睡着了，梦见他来，但接着我梦见他离开了。"我神经紧绷；康斯坦丝相信我的话，我就又可以呼吸了。

"我们昨晚聊了很久。"

"去看看呀，"我屏住呼吸说，"去看看呀他不在那里。"

"小傻瓜，玛丽凯特。"她说。

我不能逃跑；我必须帮助康斯坦丝。我拿起我的玻璃杯，用力把它摔到地上。"现在他会走开了。"我说。

康斯坦丝走到桌子边，在我的对面坐下，看上去非常严肃。我想要走到桌子的另一边拥抱她，但她依然是没有颜色的。"我的玛丽凯特。"她慢慢地说。"查尔斯堂哥在这里。他是我们的堂哥。只要他的父亲还活着——就是亚瑟·布拉克伍德，我们父亲的哥哥——我们的堂哥查尔斯就不能来找我们，或试图帮助我们，因为他的父亲不会允许他这么做的。他的父亲，"她说着微微笑了一下，"觉得我们很坏。他拒绝在庭审期间照顾你，你知道这事吗？而且他从来都不许我们的名字在他家被提到。"

"那么你为什么在我们家提他的名字？"

"因为我正在试着解释。他的父亲一死，查尔斯堂哥就赶来帮助我们了。"

"他能怎么帮助我们？我们很开心，不是吗，康斯坦丝？"

"很开心，玛丽凯特。但请友善地对查尔斯堂哥。"

我又稍微可以呼吸了；一切都会没事的。查尔斯堂哥是一个鬼，但鬼是可以被驱走的。"他会走的。"我说。

"我想他并不准备永远待下去，"康斯坦丝说，"毕竟，他只是来拜访而已。"

我必须找到一样东西，一个道具，用来对抗他。"朱利安叔叔见过他了吗？"

"朱利安叔叔知道他在这里，但朱利安叔叔昨晚感觉很不好，没有出过他的房间。他的晚饭是我用托盘送进去的，他只喝了一点汤。今天早上，他要求喝茶，让我很高兴。"

"今天我们清理房子。"

"晚点再说，等查尔斯堂哥醒来。我最好在他下楼前，先把这堆碎玻璃扫干净。"

我看着她清扫玻璃杯的碎片；今天将是闪亮的一天，充满了发光的小东西。没必要匆忙吃完早饭，因为今天在我们清理房子前，我都不能出去，于是我磨磨蹭蹭，慢慢地边喝牛奶边观察着乔纳斯。不等我吃完，朱利安叔叔就叫康斯坦丝去帮他坐进轮椅里，她把他推进厨房，推到他的桌子边，坐在他的文稿前。

"我真的认为我该开始写第四十四章了，"他拍拍手说，"我认为，我应该略微夸张地开头，然后就此写一个彻头彻尾的谎言。康斯坦丝，亲爱的？"

"在，朱利安叔叔？"

"我将说我的妻子很美丽。"

然后我们都陷入了片刻的沉默，楼上传来的脚步声让我们困惑，因为家里原本总是安安静静的。这个在我们头上的脚步声，让人觉得不舒服。康斯坦丝总是步子很轻，朱利安叔叔则从不走动；这个脚步声，沉重，平稳，邪恶。

"那是查尔斯堂哥。"康斯坦丝抬头看看说。

"的确。"朱利安叔叔说。他仔细地在面前摆好一张纸,拿起一支铅笔。"我期待我哥哥的儿子会给我们带来大量的快乐,"他说,"也许对于他家人在庭审期间的表现,他能提供一些细节。虽然,我坦白,我已经在某个地方记录下了他们可能有过的一场谈话……"他把注意力转向他的一本笔记簿,"这会耽误第四十四章的进程,我猜想。"

我抱起乔纳斯,走去我的角落,查尔斯下楼时,康斯坦丝去走廊里迎接他。"早上好,查尔斯堂哥。"她说。

"早上好,康妮。"他的声音跟昨晚一样。她把他带进厨房时,我越发缩进我的角落里,朱利安叔叔摸摸他的文稿,把头转向门口。

"朱利安叔叔。我很高兴终于见到您了。"

"查尔斯。你是亚瑟的儿子,但你却长得像我的哥哥约翰,他死了。"

"亚瑟也死了。这正是为什么我会在这里。"

"他死的时候很有钱,我相信,我是兄弟中唯一一个没本事赚钱的人。"

"事实上,朱利安叔叔,我的父亲什么都没留下。"

"多么遗憾。**他的**父亲可是留下了一大笔钱。甚至在我们三人平分后,也依然算是一大笔钱。我总是知道,我的那份会烟消云散,但我倒是没想到我的哥哥亚瑟也会如此。你的母亲可能是一个奢侈的女人?我对她记得不是很清楚了。我记得,我的侄女康斯坦丝在庭审期间给他的伯伯写信时,是他的老婆回复的,她要

81

求切断这层家庭关系。"

"我以前就想来的，朱利安叔叔。"

"我猜想。年轻人总是好奇的。而且一个像你的堂妹这样臭名昭著的女人，对一个年轻男人来说，一定是一个透着浪漫气息的人物。康斯坦丝？"

"在，朱利安叔叔？"

"我吃过早饭了吗？"

"吃过了。"

"那么我就再喝一杯茶吧。我和这个年轻人有很多事情要讨论。"

我依然不能很清楚地看到他，可能是因为他是一个鬼，也可能是因为他是如此身形庞大。他的大圆脸看上去是如此像我们的父亲，它在康斯坦丝和朱利安叔叔之间转来转去，微笑着开口说话。我尽可能深地缩在我的角落里，但最后那张大圆脸转向了我。

"哎呀，玛丽在那里。"大圆脸说，"早上好，玛丽。"

我把脸埋在乔纳斯身上。

"害羞？"他问康斯坦丝，"没关系。孩子们总是很喜欢我。"

康斯坦丝笑起来。"我们不太见到陌生人。"她说。她一点儿也没有尴尬或不自在；仿佛是她这辈子都在期待查尔斯堂哥来，仿佛是她早计划好了要说什么和做什么，几乎仿佛是在她生活的房子里，总是有一个房间是留给查尔斯堂哥的。

他站起来走近我。"那是一只漂亮的猫，"他说，"它有名字吗？"

82

我和乔纳斯看着他，这时我想，乔纳斯的名字或许是首先跟他说的最安全的话。"乔纳斯。"我说。

　　"乔纳斯，它是你特别的宠物吗？"

　　"是的。"我说。我们盯着他看，我和乔纳斯都不敢眨眼或转开视线。大白圆脸离我很近，依然看上去很像我们的父亲，上面的大嘴巴正在微笑。

　　"我们将是好朋友，你和乔纳斯，还有我。"他说。

　　"你早饭要吃什么？"康斯坦丝问他，她朝我笑笑，因为我告诉他乔纳斯的名字。

　　"随便你给我吃什么。"他说着终于把脸从我身上转开了。

　　"玛丽凯特吃了薄烤饼。"

　　"薄烤饼就很好。美好的一天，跟可爱的伙伴在一起，吃一顿美味的早餐；我还能要求什么呢？"

　　"薄烤饼，"朱利安叔叔观察说，"是这个家庭久享盛名的一种食物，尽管我自己很少吃；我的健康状况只允许我吃些最清淡、最精细的东西。薄烤饼也是最后那天早餐的——"

　　"朱利安叔叔，"康斯坦丝说，"您的文稿掉在地上了。"

　　"让我来替您把它们捡起来，先生。"查尔斯堂哥跪下来捡文稿。康斯坦丝说："早饭后，你将参观我的花园。"

　　"一位有骑士风度的年轻男子。"朱利安叔叔从查尔斯手里接过他的文稿说，"我感谢你；我自己无法跨越房间，跪在地上，找到一个能这么做的人，让我感到欣慰。我想你是比我的侄女大一两岁吧？"

83

"我三十二岁。"查尔斯说。

"那么康斯坦丝大约是二十八岁。我们早就放弃庆祝生日了，但二十八岁应该是对的。康斯坦丝，我不该空着肚子讲话。我的早餐在哪里？"

"您一小时前就吃完了，朱利安叔叔。我正在给您沏茶，给查尔斯堂哥做薄烤饼。"

"查尔斯很勇敢。你做饭尽管确实标准很高，却有不足之处。"

"我不怕吃康斯坦丝做的任何东西。"查尔斯说。

"真的吗？"朱利安叔叔说，"恭喜你。我刚才指的是，像薄烤饼这样有分量的一餐，容易让脆弱的胃吃不消。我猜想你指的是砒霜。"

"来吧，吃早饭。"康斯坦丝说。

我在笑，虽然乔纳斯遮住了我的脸。查尔斯过了半分钟才拿起叉子，他不停地对康斯坦丝微笑。最后他知道康斯坦丝、朱利安叔叔、我和乔纳斯都在注视他，他才切了一小块薄烤饼，送到嘴边，但他没办法让自己把它放进嘴里。最后，他把叉着这块薄烤饼的叉子放在盘子上，转向朱利安叔叔。"您知道吗，我在想，"他说，"或许我在这里时，我能帮你们做些事情——比如，在花园里挖土，跑跑腿什么的。我很擅长干重活。"

"你昨晚在这儿吃了晚饭，今天早晨也活着醒来了。"康斯坦丝说；我在笑，但突然她看上去几近愤怒。

"什么？"查尔斯说，"哦。"他低头看看他的叉子，仿佛是他把它忘记了，最后他拿起叉子，快速把那块薄烤饼放进嘴里，嚼了嚼，吞下去，接着抬头看着康斯坦丝。"好吃。"他说，康斯坦丝报以微笑。

"康斯坦丝？"

"在，朱利安叔叔？"

"想来想去，我觉得今天早上我还是不要开始写第四十四章。我想我会回到第七章，我记得我在第七章里简略地提到了你们的堂哥和他的家庭，以及他们在庭审期间的态度。查尔斯，你是一个聪明的年轻人。我渴望听到你的故事。"

"一切都是那么久以前的事情了。"查尔斯说。

"你应该记笔记的。"朱利安叔叔说。

"我的意思是，"查尔斯说，"难道就不能忘掉这一切吗？让那些记忆留存下去，并没有什么意义。"

"忘掉？"朱利安叔叔说，"忘掉？"

"那是一个令人悲伤的可怕时期，不停地谈论它，对康妮没有任何好处。"

"年轻人，我认为你在轻描淡写我的作品了。一个男人不会怠慢他的工作。一个男人有事要做，他就做事。记住这点，查尔斯。"

"我只是说，我不想谈论康妮和那段糟糕的时光。"

"我将被迫杜撰、虚构和想象。"

"我拒绝继续讨论这事。"

"康斯坦丝？"

"在，朱利安叔叔？"康斯坦丝一脸严肃。

"它确实发生过？我记得它发生过。"朱利安叔叔嘬着手指说。

康斯坦丝迟疑了一下，然后她说："当然发生过，朱利安叔叔。"

"我的笔记……"朱利安叔叔的声音渐弱，他对文稿做了一个手势。

"是的，朱利安叔叔。它是真的。"

我很生气，因为康斯坦丝应该对朱利安叔叔好一点的。我记起今天将是明亮闪光的一天，我想起自己要找样鲜艳漂亮的东西，放在朱利安叔叔椅子的附近。

"康斯坦丝？"

"什么？"

"我能到外面去吗？我穿得够暖和了吗？"

"我想是的，朱利安叔叔。"康斯坦丝也很难过。朱利安叔叔伤心地前前后后摇着脑袋，他已经放下了铅笔。康斯坦丝走进朱利安叔叔的房间，拿出他的披巾，动作轻柔地用它裹住他的肩膀。查尔斯现在正勇敢地吃他的薄烤饼，没有抬头看；我怀疑他不会在乎自己没有对朱利安叔叔态度友善。

"现在您可以去外面了，"康斯坦丝轻轻地对朱利安叔叔说，"太阳会很暖和，花园很明亮，您午饭将吃上煮肝脏。"

"或许不要了吧，"朱利安叔叔说，"或许我最好还是只吃一个鸡蛋。"

康斯坦丝轻轻地把他推到门口，小心地把他的轮椅平稳地推下台阶。查尔斯把视线从薄烤饼上转开，抬起头，但当他准备起身帮她时，她摇摇头。"我会把您安置在您的专属角落里，"她对朱利安叔叔说，"这样我就能每时每刻都看到你，每个小时我还会对您挥手问好五次。"

她把朱利安叔叔推到他的角落里时，我们一路都能听到她说话。乔纳斯离开我，走去坐在门口望着他们。"乔纳斯？"查尔斯说，乔纳斯转身面朝他。"玛丽堂妹不喜欢我。"查尔斯对乔纳斯说。我讨厌他对乔纳斯说话的腔调，我讨厌乔纳斯似乎在听他讲话的样子。"我怎么才能让玛丽堂妹喜欢我呢？"查尔斯说，乔纳斯迅速瞥了我一眼，然后又回头看着查尔斯。"我来探望我的两个亲爱的堂妹，"查尔斯说，"我的两个亲爱的堂妹和我年迈的叔叔，我已经多年没见过他们了，而我的堂妹玛丽甚至都不愿礼貌地对我。你是怎么想的呢，乔纳斯？"

水池那边有点点闪光，一滴水正在变大，快要滴下来了。也许，要是我能在水滴掉下来前屏住呼吸，查尔斯就会消失，但我知道那不是真的，屏住呼吸太容易了。

"噢，好吧，"查尔斯对乔纳斯说，"**康斯坦丝喜欢我，我猜那才是最重要的。**"

康斯坦丝走到门口，等着乔纳斯移开，当它没有动时，她从它身上走过。"还要薄烤饼吗？"她对查尔斯说。

"不用了，谢谢。我正在努力跟我的小堂妹熟络起来。"

"不用多久她就会喜欢你的。"康斯坦丝看着我说。乔纳斯又躺下来舔毛了，我终于想出了要说什么。

"今天我们清理房子。"我说。

朱利安叔叔一上午都在花园里睡觉。我们干活时，康斯坦丝经常去后面卧室的窗户朝下看他，有时她手里拿着抹布站在那儿，仿佛忘了回来擦拭装着我们母亲的珍珠、蓝宝石戒指和钻石胸针的首饰盒。我只朝窗外看了一次，我看见朱利安叔叔闭着眼睛，查尔斯站在他附近。想到查尔斯走在蔬菜之间，走在苹果树下，穿过朱利安叔叔睡的草地，这令人作呕。

"我们今天早上就不打扫我们父亲的房间了，"康斯坦丝说，"因为查尔斯住在那里。"过了一会儿，她又若有所思地说："我不知道我戴我们母亲的珍珠是否合适。我从来没有戴过珍珠。"

"它们一直在盒子里，"我说，"你得把它们取出来。"

"估计没什么人会关心的。"康斯坦丝说。

"**我**会关心的，假如你看起来更漂亮的话。"

康斯坦丝笑着说："我是在犯傻。我为什么要戴珍珠呢？"

"它们还是原地不动，待在盒子里比较好。"

查尔斯把我们父亲房间的门关起来了，所以我无法看到里面，但我怀疑他动了我们父亲的东西，或是在抽屉柜上我们父亲银质的刷具旁放了一顶帽子、一块手帕或一副手套。我怀疑他查看了壁橱和抽屉里面。我们父亲的房间是在房子的前部，我怀疑查尔斯透过窗户朝下面看过了，也看过外面的草地和草地之外通到马路的长车道，他一定想要踏上那条马路离开家。

"查尔斯来这里要花多少时间？"我问康斯坦丝。

"四五个小时吧，我想，"她说，"他是坐巴士来村里的，还不得不从村里走到这儿。"

"那么他回家也需要花四五个小时?"

"我猜是的。他从这里回去的话。"

"但他必须先走回村里?"

"除非你用你那匹长翅膀的马送他。"

"我没有什么长翅膀的马。"我说。

"哦,玛丽凯特,"康斯坦丝说,"查尔斯**不是**一个坏人。"

镜子上反射出点点闪光,黑暗中我们母亲的钻石和珍珠首饰也在盒子里闪耀着光芒。康斯坦丝走到窗边看下面的朱利安叔叔时,她的投影随之在走廊里上下更迭,外面的新叶也在阳光里迅速移动。查尔斯能进来,完全是因为魔法被破除了;如果我能重新密封康斯坦丝的保护屏障,把查尔斯关在外面,他就将不得不离开这里。必须抹去他在房子里留下的任何痕迹。

"查尔斯是一个鬼。"我说,康斯坦丝叹了一口气。

我用抹布擦亮我们父亲房间的门把手,至少查尔斯留下的痕迹之一消失了。

我们清理好楼上的房间,便拿着抹布、扫帚和畚箕一起走下楼梯,好像是一对走路回家的女巫。在会客室里,我们掸去金色椅腿的椅子和竖琴上的灰尘,每一件物品都被我们擦得一尘不染,就连我们母亲画像上的蓝裙子也是干净得发亮。我用顶在扫帚柄尽头的抹布擦拭天花板上婚礼蛋糕般的饰边,我仰着脑袋,踉踉跄跄,假装天花板是地板,假装我在扫地,忙碌地悬浮在半空中,朝下看着我的扫帚,身轻如燕地飞来飞去,直到整个房间转得让我眩晕，让我再度站在地上，抬头看着上面。

"查尔斯还没见过这个房间，"康斯坦丝说，"我们的母亲对这个房间很感自豪，我本该立刻向他展示一下的。"

"我午饭可以吃三明治吗？我想要去小溪那边。"

"你迟早得跟他一起同桌吃饭的，玛丽凯特。"

"等今晚吃晚饭。我保证。"

我们掸掉餐厅、银质茶具和高高的木头椅背上的灰尘。康斯坦丝每隔几分钟就会走到厨房里，从后门望出去，察看朱利安叔叔的状况，有一次我听到她笑着喊道："小心那边下面的烂泥。"我知道她是在跟查尔斯说话。

"你昨晚让查尔斯坐在哪里吃的晚饭？"我立刻问她。

"坐的是我们父亲的椅子，"她说，接着又补充道，"他完全有权坐在那里。他是客人，他甚至**看起来**很像我们的父亲。"

"今晚他也会坐那个位子？"

"是的，玛丽凯特。"

我彻底给我们父亲的椅子掸了灰，尽管这没什么用处，如果查尔斯今晚又要坐在那里的话。我将不得不清洗所有的银餐具。

我们清理完房子后便回到厨房里。查尔斯正坐在厨房桌子边抽烟斗，他看着乔纳斯，乔纳斯也盯着他看。烟斗的烟雾在我们的厨房里闻起来很刺鼻，我讨厌乔纳斯盯着查尔斯看。康斯坦丝走出后门，去把朱利安叔叔推进来，我们能听到他说："桃乐茜，我没在睡觉，桃乐茜。"

"玛丽堂妹不喜欢我。"查尔斯又对乔纳斯说，"我好奇玛丽堂妹是否知道我是如何报复不喜欢我的人的，我能帮你搬那把椅子吗，康斯坦丝？打了个好盹，叔叔？"

康斯坦丝给我和乔纳斯做了三明治，我们在一棵树上吃了；我坐在一根低树杈上，乔纳斯蹲在我附近的另一根小树枝上看鸟。

"乔纳斯，"我嘱咐它，"你不能再听查尔斯堂哥讲话了。"乔纳斯瞪大眼珠凝视着我，惊讶于我居然认为自己应该尝试替它做决定。"乔纳斯，"我说，"他是一个鬼。"乔纳斯闭上眼睛，扭头不看我了。

重要的是选择精准的物件把查尔斯驱走。如果魔法本身不完美，或者对魔法使用不当，可能只会给我们的房子带来更多的灾祸。我想到了我们母亲的珠宝，因为今天是与闪亮之物有关的一天，但它们或许在天色阴沉的时候不够强大，而且如果我把它们从所属的盒子里取出来，康斯坦丝会生气的，因为她自己已经决定不这么做了。我想到了书本，书本总能起到强力保护作用，但我父亲的簿子已经从树上掉下来，并让查尔斯进来了，那么书本可能对查尔斯无能为力。我靠在树干上思考着各种魔法；如果三天内查尔斯还不走人，我将敲碎客厅里的镜子。

晚饭时，他坐在我的对面，坐在我们父亲的椅子上，他的大白脸挡住了他身后餐具柜上的银器。他看着康斯坦丝把朱利安叔叔的鸡肉切成小块，精心地摆在盘子上，他看着朱利安叔叔咬下第一口，在嘴里把鸡肉翻来翻去。

"这里有一块软烤饼，朱利安叔叔，"康斯坦丝说，"吃里面松软的部分。"

康斯坦丝忘记了，她在我的色拉上淋了酱汁，但我反正也不会在那张大白脸的注视下吃任何东西的。乔纳斯没有鸡肉吃，它蹲在我椅子旁边的地上。

"他总是跟你们一起吃饭吗？"一次查尔斯朝朱利安叔叔点点头，问道。

"当他状态足够好时。"康斯坦丝说。

"我好奇你怎么忍受得了。"查尔斯说。

"我跟你说，约翰，"朱利安叔叔突然对查尔斯说，"现在的投资跟我们父亲赚到钱的时候不一样了。他是一个精明的人，但他从来都不明白时代变了。"

"他在跟谁说话？"查尔斯问康斯坦丝。

"他以为你是他的哥哥约翰。"

查尔斯盯着朱利安叔叔看了好一会儿，然后摇摇头，把注意力重新转到他的鸡肉上。

"你的左边是我死去妻子的座位，年轻人，"朱利安叔叔说，"我记得很清楚，她最后一次坐在那儿我们——"

"不要说了。"查尔斯说着对朱利安叔叔摇摇手指；他刚才正用手拿着鸡块啃，他的手指闪着油光。"我们不要再谈那件事了，叔叔。"

康斯坦丝对我很满意，因为我坐在餐桌旁，我看看她，她对我微笑。她知道我不喜欢在任何人的注视下吃东西，她会替我留一盘食物，之后带到厨房里给我吃；我能看出来，她不记得自己在我的色拉上淋了酱汁。

"今天早上我发现，"查尔斯拿起装鸡肉的大浅盘，一边仔细审视，一边说，"后门的外面有一级台阶坏了。最近我找一天，替你们修好，怎么样？我也该出一份力。"

"你真是太好了，"康斯坦丝说，"那级台阶已经让人心烦好久了。"

"而且我想去村里买些烟草，所以你们这儿需要什么，我都可以帮着买回来。"

"但我每周二会去村里的。"我大吃一惊地说。

"是吗?"他从桌子另一边朝我看过来，大白脸正对着我。我沉默不语；我记起来，走进村子是查尔斯回家路上的第一步。

"玛丽凯特，亲爱的，我想如果查尔斯不介意的话，这或许是一个好主意。我从来就不放心你出门去村里，"康斯坦丝笑着说，"我会给你一个单子，查尔斯，还有钱，你将是食品杂货购买员了。"

"你把钱放在家里?"

"当然啦。"

"这听上去不是很明智。"

"钱放在我们父亲的保险箱里。"

"即便如此。"

"我向你保证，先生，"朱利安叔叔说，"我特地彻底检查过账本后才同意的。我不会受骗上当。"

"那么我将让玛丽堂妹失去她的工作了，"查尔斯说着又看看我，"你得再给她找些别的事情做，康妮。"

我想好了要对他说什么，才走到桌边。**毒鹅膏，**"我对他说，"含有三种毒素。第一种是鹅膏蕈碱，它起效慢却是毒性最强的。第二种是鬼笔环肽，它立刻起效。第三种是鬼笔溶血环肽，它会溶解红细胞，虽然它的毒性最弱。最初的症状要等吃下去七到十二小时后才会显现，在某些情况下要等二十四甚至四十小时后才会显现。开始时的症状是剧烈的腹痛冷汗呕吐——"

"听着。"查尔斯说。他放下鸡肉。"你住嘴。"他说。

康斯坦丝哈哈大笑起来。"哦，玛丽凯特。"她边笑边说。"你**真是傻**。我教她，"她告诉查尔斯，"辨认小溪和田里的蘑菇，我让她记住那些有毒的蘑菇。哦，玛丽凯特。"

"死亡出现在吃下去后的五到十天内。"我说。

"我不认为这很好玩。"查尔斯说。

"小傻瓜，玛丽凯特。"康斯坦丝说。

六

我们的房子，并不会因为查尔斯出门去了村里，就变得安全；首先，康斯坦丝给了他一把各扇门的钥匙。原先我们每个人都有一把钥匙，我们的父亲有一把，我们的母亲也有一把钥匙，都放在厨房门边的一个架子上。当查尔斯开始出门去村里时，康斯坦丝给他一把钥匙，可能是我们父亲的钥匙，还给他一张购物清单，以及他用来买东西的钱。

"你不该像这样把钱放在家里。"他说，他紧紧地捏着钱，片刻之后才从后面的口袋里掏出一只钱包，"像你这样孤身一人的女子，你不该把钱放在家里。"

我在属于我的厨房角落里观察着他，但查尔斯在家时，我不会让乔纳斯到我身边来。"你肯定所有东西都写了吗？"他问康斯坦丝，"我最恨再跑一趟了。"

我等到查尔斯走远了，可能几乎走到黑岩石时，才说："他忘了图书馆的书。"

康斯坦丝盯着我看了一会儿。"邪恶小姐，"她说，"你就是希望他忘记。"

"他怎么会知道图书馆的书呢？他不属于这个家；他跟我们的书毫无关系。"

"你知道吗，"康斯坦丝看着灶台上的锅子里面说，"我想我们

95

很快就要采摘生菜了；最近天气是如此暖和。"

"在月球上。"我说，然后又停住了。

"在月球上，"康斯坦丝说，她转身对我微笑，"你整年都有生菜吃，是这样的吧？"

"在月球上，我们拥有一切。生菜南瓜派和**毒鹅膏**。我们有长着猫毛的植物和拍着翅膀跳舞的马。所有的锁都结实牢固，而且那里没有鬼。在月球上，朱利安叔叔身体健康，每天都阳光灿烂。你会戴着我们母亲的珍珠首饰，歌唱，太阳一直照耀着我们。"

"我希望我能去你的月球。我不知道我是否现在就该开始做姜饼。如果查尔斯回来晚的话，它会冷掉。"

"我会在这里吃的。"我说。

"可查尔斯说他爱吃姜饼。"

我用图书馆的书在桌上搭了一栋小房子，两本书从两边支撑着中间竖着的一本书。"老巫婆，"我说，"你有一个姜饼屋了。"

"我没有，"康斯坦丝说，"我有一栋漂亮的房子，我和我的妹妹玛丽凯特一起住在里面。"

我笑她；她正在担心灶台上的那口锅里烧的东西，脸上沾着面粉。"或许他再也不会回来了。"我说。

"他必须回来；我给他做了姜饼。"

由于查尔斯揽走了我每周二早上的工作，我便无事可做了。我想去小溪那边，但我根本都没有理由认为小溪就会在那儿，因为我从来没有在周二早上去过那里；村里的人们会在等我吗？他们会用眼角的余光瞄我有没有来吗？他们会用手肘互相轻推彼此，然后震惊地发现来的是查尔斯吗？也许整个村子都会慢下来，停止运转，困惑于玛丽·凯瑟琳·布拉克伍德小姐的缺席？想到吉姆·唐尼尔和哈里斯家的男孩们焦虑地凝视着路的另一头，看我有没有来，我咯咯笑起来。

"什么好笑的事情？"康斯坦丝转过来看我，问道。

"我在想你可能会做一个姜饼人，我可以叫它查尔斯，并吃掉它。"

"哦，玛丽凯特，**别闹了**。"

我能看出来康斯坦丝心烦意乱，部分是因为我，部分是因为姜饼，于是我想我还是跑开比较好。既然这是一个没事做的早上，而且我也无心出门，或许这是一个用来搜寻抵制查尔斯的工具的好时间，我从楼上开始搜起；烘烤姜饼的香气几乎一直跟着我上到楼梯的一半。查尔斯没有关上他的房门，门没有大敞着，但足以让我进去一探究竟。

我把门推开一点，看进我们父亲的房间里面，现在这个房间属于查尔斯了。查尔斯铺好了床，我注意到；他的母亲一定教过他。他的行李箱放在一把椅子上，但箱子关着；一直放着我们父亲物品的抽屉柜上如今放着查尔斯的一些东西，我看见查尔斯的烟斗和一块手帕，它们是查尔斯碰过并用来玷污我们父亲房间的东西。抽屉柜的一个抽屉被拉开了一点，我又想到了查尔斯对我们父亲的衣服挑挑拣拣。我轻手轻脚地穿过房间，查看拉开的抽屉里面，因为我不想让楼下的康斯坦丝听到我的动静。我想，查尔斯知道我发现他翻看我们父亲的东西，会不高兴的，这个抽屉里的某件东西或许会法力异常强大，因为它带着查尔斯的内疚。我发现他看了我们父亲的饰品，这并不让我惊讶；我知道，抽屉里的一个皮盒子装着一块金表、一根金表链、袖扣和一枚印戒。我不会碰我们母亲的珠宝，但康斯坦丝没有说不能碰我们父亲的饰品，她甚至都没有进这个房间清理，所以我认为我可以打开盒子拿一件东西出来。怀表在里面，装在它自己专门的一个小盒子里，躺在盒子的绸缎衬里上面，没有在走，表链盘在它的旁边。我不会碰戒指；想到戒指套在我的手指上，我就感觉很紧张，因为戒指没有解套的开口，但我喜欢表链，我拿起表链，把它缠绕在我的手上。我小心地把首饰盒放回抽屉里，关上抽屉，走出房间，关好身后的房门，把表链带进我的房间，表链在我的枕头上又盘成一团沉睡的金色。

我打算把它埋起来，但想到它在我们父亲抽屉里的盒子中、在一片黑暗里待了那么久，我感到很难过，我想它已经为自己在高处赢得了一席之地，它理应在阳光下闪闪发光，我决定把它钉在簿子掉下来的那棵树上。康斯坦丝在厨房里做姜饼时，朱利安叔叔在他的房间里睡觉，查尔斯在村里进出各个商店，我则躺在床上摆弄着我的金表链。

"那是我哥哥的金表链，"朱利安叔叔说，并好奇地身体前倾，"我本以为他是戴着表链下葬的。"

查尔斯伸手把它递出来时，他的手在颤抖；我能看到，在他身后黄色墙壁的映衬下，他的手在发抖。"在一棵树上，"他说，他的声音也在颤抖，"我发现它被钉在一棵树上，上帝啊。这究竟是什么样的一个家？"

"这不重要，"康斯坦丝说，"真的，查尔斯，这不重要。"

"不重要？康妮，这东西是**黄金**做的。"

"但没人要它。"

"它被弄坏了一节。"查尔斯说，哀悼着表链。"我本来可以戴它的；如此对待这样一件贵重的东西，真是活见鬼。我们本可以卖掉它的。"他对康斯坦丝说。

"但为什么呢？"

"我确实以为他是戴着它下葬的，"朱利安叔叔说，"他从来都不是一个会对东西轻易放手的人。我猜想，他是根本不知道他们没给他戴它。"

"它很值钱，"查尔斯说，认真地向康斯坦丝解释，"这是一根金表链，很可能价值不菲。有脑子的人不会到处乱跑，把这种值钱的东西钉在树上。"

"如果你站在那里担心的话，午饭就会冷掉了。"

"我会把它带上楼，放回它原来的盒子里。"查尔斯说。除了我，没人注意到他知道它原来放在哪里。"之后，"他看着我说，"我们会查明它是怎么被钉到树上去的。"

"玛丽凯特把它钉在那儿的，"康斯坦丝说，"请快来吃午饭吧。"

"你怎么知道是玛丽凯特干的？"

"她总是这么做，"康斯坦丝冲我微笑，"小傻瓜，玛丽凯特。"

"她真是如此?"查尔斯说。他慢慢地走到桌边盯着我看。

"他是一个对自己的外表情有独钟的人,"朱利安叔叔说,"沉溺于自我崇拜,而且不是太干净。"

厨房里很安静;康斯坦丝在朱利安叔叔的房间里,正把他安顿到床上午睡。"可怜的玛丽堂妹会去哪里,假如她的姐姐将她扫地出门?"查尔斯问乔纳斯,后者安静地听着。"可怜的玛丽堂妹会做什么,假如康斯坦丝和查尔斯不爱她?"

我想不出为什么我觉得我可能会直截了当地叫查尔斯离开。可能我认为他必须被礼貌地要求一次;可能离开的念头就从来没在他的脑子里出现过,所以有必要把它植入他的脑中。我决定下一步就要叫查尔斯离开,不能等到他在房子里无处不在、痕迹再也无法彻底消除。房子已经闻上去有他的味道了,他的烟斗、他的剃须露以及他一天到晚在各个房间里回响的噪音;他的烟斗有时放在厨房的桌子上,他的手套、烟草袋或一盒又一盒的火柴散落在我们的各个房间里。他每天下午走路去村里带回来的报纸,就随手乱放,甚至会放在康斯坦丝可能看到的厨房里。从他烟斗里掉出来的一颗火星,在会客室一把椅子的玫瑰色锦缎上,烫出了一个小小的烙印;康斯坦丝还没发现它,我没想告诉她,因为我希望受伤后的房子会自动排斥他。

"康斯坦丝。"我在一个晴朗的早晨问她——查尔斯当时已经在我们家待了三天了,我想——"康斯坦丝,他有没有说要离开？"

每当我想要查尔斯离开，她都会对我越来越生气；以前康斯坦丝总是听我说话，对我微笑，只有当我和乔纳斯淘气时，她才会生气，但现在她经常对我皱眉头，仿佛我不知怎么的在她眼里变了。"我告诉过你了，"她对我说，"我告诉过你了，我告诉过你说我不想再听到这些关于查尔斯的傻话。他是我们的堂哥，他受邀来拜访我们，当他准备走时，他大概就会走。"

"他让朱利安叔叔身体更加不好了。"

"他只是试图阻止朱利安叔叔整天思考那些伤心的事情。而且我赞同他的做法。朱利安叔叔应该高兴一点。"

"为什么他应该高兴，如果他将要死去的话？"

"我没有尽到我的职责。"康斯坦丝说。

"我不懂这是什么意思。"

"我一直躲在这里。"康斯坦丝慢慢地说，仿佛她压根不确定合适的词序。她站在灶台边，阳光下的她头发和眼睛都很有色彩，她没有笑，慢条斯理地说："我任由朱利安叔叔一直活在过去，尤其是任由他反复再体验那可怕的一天。我任由你野着；你上次梳头发是多久以前了？"

我不能让我自己生气，尤其是不能生康斯坦丝的气，但我希望查尔斯死掉。康斯坦丝比过去任何时候都更需要保护，如果我生气把目光避开她的话，她就很可能不知所措。

我非常谨慎地说："在月球上……"

"在月球上。"康斯坦丝说，她不悦地笑起来，"这都是我的错，”她说，"我没有意识到自己错得离谱，我对一切听之任之，因为我想要躲起来。这对你和朱利安叔叔都不公平。”

“那么查尔斯也将修理坏掉的那级台阶？”

“朱利安叔叔应该去医院，让护士们来照顾他。至于你——”她突然睁大眼睛，仿佛是再度看到了她原来的那个玛丽凯特，接着她朝我伸出胳膊。"哦，玛丽凯特，”她说，又稍微笑了笑，"你听我骂你；我是多么傻啊。”

我走到她身边抱住她。"我爱你，康斯坦丝。”

“你是一个好孩子，玛丽凯特。”她说。

这时我离开她，走到外面，去跟查尔斯谈话。我早知道我讨厌跟查尔斯谈话，但现在礼貌地叫他走人几乎已经太迟了，而我认为我还是应该要求他一次。查尔斯在，就连花园都变成了一片陌生的景观；我能看见他站在苹果树下，树在他旁边扭曲缩小。我走到厨房门的外面，慢慢地朝他走去。我试图仁慈宽厚地来想他，因为不这样想的话，我永远也无法跟他好好讲话，但每当我想到他的大白脸在桌子对面冲我咧嘴笑或观察我的一举一动，我就想打他，一直打到他消失，我想要在他死后猛踩他，看到死尸躺在草地上。于是我决定仁慈宽厚地来想查尔斯，我慢慢地朝他走去。

“查尔斯堂哥？”我说，他转身看着我。我想象看见他死掉。“查尔斯堂哥？”

“怎么？”

“我决定要求你行行好离开。”

102

"好吧，"他说，"你要求我。"

"行行好，你会走吗？"

"不会。"他说。

我想不出任何再要说的话。我看见他戴着我们父亲的金表链，尽管它有一节变形了，我不用看就知道我们父亲的怀表在他的口袋里。我想明天他就会戴我们父亲的印戒了，我好奇他是否会逼康斯坦丝戴上我们母亲的珍珠首饰。

"你离乔纳斯远点儿。"我说。

"事实上，"他说，"从现在起，大约过一个月，我好奇谁**会**依然在这里。你，"他说，"还是我？"

我跑回房子里，径直跑到楼上我们父亲的房间里，我用一只鞋子猛砸抽屉柜上的镜子，直到它彻底裂开。然后我走进我的房间，把脑袋靠在窗台上睡觉。

这些天，我一直记得要对朱利安叔叔好一点。我很难过，因为他在他房间里待的时间越来越长了，早饭和午饭都是用托盘在床上吃的，只有晚饭是在餐厅里、在查尔斯鄙视的眼神下吃的。

"你就不能给他喂饭什么的吗？"查尔斯问康斯坦丝，"他把食物弄得满身都是。"

"我不是有意的。"朱利安叔叔看着康斯坦丝说。

"应该戴一个婴儿围兜。"查尔斯说着大笑起来。

每天早晨，查尔斯坐在厨房里大吃火腿、土豆、煎蛋、热烤饼、甜甜圈和烤吐司时，朱利安叔叔却在他的房间里，对着他的热牛奶打瞌睡，有时他喊康斯坦丝，查尔斯就会说："告诉他，你在忙；你不必在他每次尿床时，就急着跑过去；他就是喜欢被人伺候着。"

在那些晴朗的早晨，我总是赶在查尔斯前吃早饭，假如他在我还没吃完时下来，我就会把我的盘子拿出去，坐在栗子树下的草地上吃。有一次，我带了一片栗子树的新叶给朱利安叔叔，把它放在他的窗台上。我站在外面的阳光里，看着他一动不动地躺在黑屋子里，我努力思考自己可以对他更好的方式。我想到他独自躺在那儿，做着老迈的朱利安叔叔才会做的梦，我走进厨房，对康斯坦丝说："你能为朱利安叔叔的午饭做一些小软蛋糕吗？"

"她现在太忙了，"查尔斯说，他嘴里塞满了食物，"你的姐姐像奴隶一样不停地干活。"

"可以吗？"我问康斯坦丝。

"我很抱歉，"康斯坦丝说，"我有太多事情要做了。"

"但朱利安叔叔是将要死去的人。"

"康斯坦丝太忙了，"查尔斯说，"跑开，自己去玩。"

一天下午查尔斯去村里时，我跟着他。我在黑岩石边停下，因为那不是我该进村的日子，我看着查尔斯沿着主干道往前走。他停下来，跟站在店门外阳光里的史黛拉说了几句话，接着他买了一份报纸；当我看见他跟其他男人一起在长凳上坐下时，我转身回到我们的房子里。假如我再度进村购物，查尔斯会是注视我经过的男人之一。康斯坦丝在她的花园里干活，朱利安叔叔在阳光下睡在他的轮椅里，当我安静地在我的凳子上坐下时，康斯坦丝没有朝我看，只是问道："你去哪里了，玛丽凯特？"

"闲逛。我的猫在哪里？"

"我想，"康斯坦丝说，"我们将不得不禁止你随便乱逛。到你该文静一点的时候了。"

"'我们'是指你和查尔斯吗？"

"玛丽凯特。"康斯坦丝转向我，盘腿坐下来，两手交叉在身体前面。"我直到最近才意识到，我任由你和朱利安叔叔跟我一起躲在这里，是多么的错。我们本该面对这个世界，努力过上正常生活的；这些年，朱利安叔叔本该住在一家医院里，接受优良的照料，让护士们来看护他的。我们本该像其他人一样生活。你应该……"她停下来，无助地挥挥手。"你应该有男朋友。"她最后说，然后开始大笑，因为连她自己都觉得这听上去很好笑。

"我有乔纳斯。"我说，我俩都大笑起来，朱利安叔叔突然醒来，也发出几声中气不足的年迈干笑。

"你是我见过的最傻的人。"我对康斯坦丝说，接着走开去寻找乔纳斯。我四处闲逛时，查尔斯回到我们的房子里；他为自己的晚餐带回来一份报纸和一瓶葡萄酒，还把我之前用来拴紧门的我们父亲的围巾带回来了，因为查尔斯有钥匙。

"我本可以戴这条围巾的。"他烦躁地说，我能在菜园里听到他讲话，我在菜园里几颗交缠的嫩莴苣间找到了正在睡觉的乔纳斯。"这是一件昂贵的东西，而且我喜欢它的颜色。"

"它属于我们的父亲。"康斯坦丝说。

"这倒是提醒我了，"查尔斯说，"最近找一天，我想看一下他的其他衣服。"他沉默了片刻；我想他大概是正在我的凳子上坐下来。然后他继续往下说，口气非常轻率。"还有，"他说，"我在这里的期间，我应该检查一遍你们父亲的文件。里面可能有一些重要的东西。"

"不许动**我的**文件，"朱利安叔叔说，"那个年轻人，不许动**我的**文件一根毫毛。"

"我连看都还没看过你们父亲的书房。"查尔斯说。

"我们平时不用它。那里面没有任何东西被动过。"

"除了保险箱，当然了。"查尔斯说。

"康斯坦丝？"

"在，朱利安叔叔？"

"以后我想要你来保管我的文件。其他任何人都不能碰我的文件，你听到我说的话了吗？"

"好的，朱利安叔叔。"

我不被允许开启康斯坦丝保存我们父亲钱财的保险箱。我被允许去书房里，但我讨厌它，我从来都不碰那个门把手。我希望康斯坦丝不要替查尔斯打开书房，毕竟他已经霸占了我们父亲的卧室，还有我们父亲的怀表、他的金表链和他的印戒。我想，做恶魔和鬼一定是很难的，甚至对查尔斯而言，也是如此；假如他一时疏忽，或让自己的伪装掉下来片刻，他就会立刻被认出来，被驱走；他一定是异常小心地每次都用同一个声音，呈现同一张脸，并毫无疏忽地以同一种方式行事；他一定是时时刻刻保持警

106

惕，以免暴露自己。我好奇他死后是否会变回原形。温度降下来后，我知道康斯坦丝会把朱利安叔叔推到室内，我离开睡在莴苣上的乔纳斯，回到房子里。我走进厨房时，朱利安叔叔正拼命戳着他桌上的文稿，试图把它们聚拢成一小沓，康斯坦丝在削土豆皮。我能听见查尔斯在楼上走来走去，有那么片刻，厨房里温暖和煦、日光明媚。

"乔纳斯在莴苣中睡觉。"我说。

"我最喜欢我的色拉里有猫毛了。"康斯坦丝和蔼可亲地说。

"到了我该拥有一个盒子的时候了。"朱利安叔叔宣布。他靠在椅子里生气地看着他的文稿。"它们必须都被装进一个盒子里，就在此刻。康斯坦丝。"

"是的，朱利安叔叔；我可以给您找一个盒子。"

"如果我把我所有的文件都装在一个盒子里，把盒子放在我的房间里，那么那个可怕的年轻人就不能碰它们了。他是一个可怕的**年轻**人，康斯坦丝。"

"事实上，朱利安叔叔，查尔斯人非常好。"

"他不诚实。他的父亲就不诚实。我的两个哥哥都不诚实。假如他试图拿我的文件，你一定要制止他，我不允许任何人篡改我的文稿，我不会容忍侵犯的。你一定要告诉他这点，康斯坦丝。他是一个杂种。"

"朱利安叔叔——"

"你放心，这完全是打比方的说法。我的两个哥哥都娶了意志坚强的女人。杂种只是一个——男人间用的词，亲爱的；抱歉我让你听到了这么一个词——我只是用它来指代一个非常讨厌的家伙。"

康斯坦丝默默地转过身，打开通往地窖楼梯的门，我们房子的最底下摆着一排又一排保存下来的食物。她轻轻地走下楼梯，我们能听到查尔斯在上面走动，康斯坦丝在下面走动。

"奥兰治的威廉 ① 是一个杂种。"朱利安叔叔自言自语道；他拿起一张小纸片，做了一条笔记。康斯坦丝沿地窖的楼梯走回来，带了一个盒子给朱利安叔叔。"这是一个干净的盒子。"她说。

"干什么用？"

"装你的文件。"

"那个年轻人不准碰我的文件，康斯坦丝。我不会让那个年轻人翻看我的文件的。"

"这都是我的错，"康斯坦丝转身对我说，"他应该待在一家医院里。"

"我会把我的文件放在那个盒子里的，康斯坦丝，亲爱的，只要你行行好，把盒子递给我。"

"他过得很开心。"我说。

"我本该以不同的方式处理一切的。"

"把朱利安叔叔丢在一家医院里，肯定不是很好。"

"但我将不得不这么做，假如我——"康斯坦丝话说到一半突

---

① 奥兰治的威廉（William of Orange）出生即继位为奥兰治亲王，1689年2月13日登基为英格兰国王威廉三世。作为苏格兰的国王，他又被称为"威廉二世"。

108

然停住了，而是转回去继续削土豆。"我应该在苹果酱里放核桃吗？"她问。

我非常安静地坐着倾听她几乎要说出口的话。在我们家里，时间越来越紧张，越来越不够用了，快要逼死我了。我想可能是到了砸碎客厅里的大镜子的时候，但这时传来了查尔斯下楼的沉重脚步声，他穿过客厅，走进厨房里。

"哦，好，大家都在这儿，"他说，"晚饭吃什么？"

那天晚上康斯坦丝在会客室里为我们弹奏乐曲，竖琴高高的曲线在我们母亲的画像上投下阴影，柔和的音符像珍珠一样撒落在空气里。她弹了《斯凯岛船歌》《阿夫顿河静静流》《我看见一位女士》和其他几首我们母亲过去常常弹的歌曲，但我不记得我们母亲的手指曾经如此轻盈地在琴弦上拨动出如此动人的旋律。朱利安叔叔没有让他自己睡着，他边听边做梦，就连查尔斯也没有胆敢把他的脚放在会客室里的家具上，虽然他烟斗里飘出来的烟雾萦绕在婚礼蛋糕纹样的天花板上，而且他在康斯坦丝弹奏时不停地走来走去。

"柔和细腻，"朱利安叔叔说了一句，"所有布拉克伍德家的女人都很有天赋。"

查尔斯走到壁炉边在炉栅上敲着他的烟斗。"漂亮。"他边说边从壁炉架子上取下一个德累斯顿小雕像。康斯坦丝停止弹奏，他转身看着她。"值钱吗？"

"不是特别值钱，"康斯坦丝说，"我的母亲喜欢它们。"

朱利安叔叔说："我一直特别喜欢《苏格兰的风铃草》，康斯坦丝，亲爱的，你能——"

"到此为止了，"查尔斯说，"现在我和康斯坦丝想谈点事情，叔叔。我们有计划要做。"

七

　　周四是我最强大的一天。这是与查尔斯一决高下的合适日子。上午康斯坦丝决定为晚饭制作调味饼干；这真是太糟了，因为如果我们中的任何一个人能料到这个周四将是最后一天的话，我们就会告诉她不要麻烦了。然而，就连朱利安叔叔都没有怀疑；周四早晨，他感觉身体好一点了，上午的晚些时候康斯坦丝把他推进飘满了调味饼干浓郁香气的厨房里，他继续往盒子里放他的文件。查尔斯拿了一把榔头、找了一些钉子和一块木板，正在不停地猛敲那级破损的台阶；我透过厨房的窗户能看到他正在乱敲，我感到高兴；我希望榔头敲到他的大拇指。我待在厨房里，直到我确定一段时间内他们都会待在各自的地方，然后我上楼走进我们父亲的房间里，我轻手轻脚地走动，这样康斯坦丝就不会知道我在那里。第一件要做的事情是停掉查尔斯上了发条的我们父亲的怀表。我知道他没戴着它去修坏掉的台阶，因为他没有戴表链，于是我在我们父亲的抽屉柜上找到了怀表、表链和我们父亲的印戒，抽屉柜上还放着查尔斯的烟草袋和四捆火柴。我不被允许碰火柴，但在任何情况下，我本来就不会去碰查尔斯的火柴。我拿起怀表，听它嘀嘀嗒嗒地走，因为查尔斯给它上了发条，我无法把它一路恢复到原来的样子，因为他已经让它走了两三天了，但我把怀表调节时间的柄头倒着拧，一直拧到怀表发出一声断裂的

111

轻响为止，表针立刻不动了。当我确定他永远也不可能让怀表再嘀嗒走起来时，我把它轻轻地放回我发现它的地方；至少把一样东西从查尔斯的魔咒中解放出来了，我想我至少是攻破了他那无懈可击的紧密防线。我无须担心已经坏掉的表链，我也不喜欢那枚印戒。彻底抹去查尔斯在所有东西上留下的痕迹，几乎是不可能的，但在我看来，如果我能对我们父亲的房间，或许还有厨房、会客室、书房乃至花园造成一些变动，那么查尔斯就会失去方向，与他过去认识的事物切断联系，他将不得不承认这不是他要拜访的房子，那么他就会离开。我几乎是神不知鬼不觉地迅速对我们父亲的房间做出了一番变动。

前一晚，我在黑暗中走到外面，从田里和树林里收集了满满一大篮小木头块、断掉的小枝条、各种玻璃和金属碎片。乔纳斯陪我一趟趟来来回回、进进出出，大家都在睡觉时，我们却轻手轻脚地走来走去，这让它觉得很好玩。当我改动我们父亲的房间时，我把书从书架上取下来，把毯子从床上拉下来，然后我用我的玻璃、金属和木头碎片、小树枝和树叶填充那些空出来的地方。我没办法把属于我们父亲房间的东西拿到我自己的房间里，于是我小心地把它们搬上楼，放进存放他们所有其他东西的阁楼里。我往我们父亲的床上倒了一大壶水；查尔斯无法再睡在那里了。抽屉柜上的镜子已经被打碎了；它照不出查尔斯的样子。他将找不到书和衣服，他会迷失在一个满是树叶和碎片的房间里。我扯下窗帘，把它们丢在地上，现在查尔斯将不得不看外面，看见远去的车道和车道之外的马路。

我欣喜地打量着房间。一个魔鬼也不能轻易在这里找到他自己。我回到我自己的房间，躺在床上跟乔纳斯玩的时候，我听到查尔斯在楼下花园里对康斯坦丝大喊大叫。"这太过分了，"他说，"简直是太过分了。"

"现在怎么办？"康斯坦丝问。她已经走到了厨房门口，我能听到朱利安叔叔在楼下的某个地方说："叫那个年轻的蠢货停止叫喊。"

我快速朝外瞥了一眼；坏掉的台阶显然是超出了查尔斯的修理能力，因为榔头和木板都躺在地上，台阶依然是坏的；查尔斯正从小溪那边的小径走来，他手里拿着某样东西；我想知道他现在又发现了什么。

"真是骇人听闻！"他说。即使他现在已经走近了，他却依然在叫喊。"看看这个，康妮，就看一下。"

"我想它应该是属于玛丽凯特的。"康斯坦丝说。

"它**不**属于玛丽凯特，根本就没这回事。这是钱。"

"我记得，"康斯坦丝说，"银元。我记得她把它们埋到地下。"

"这儿得有二三十美金了；这也太不可容忍了。"

"她喜欢埋东西。"

查尔斯依然在大喊，边喊边用力反复摇着我的那盒银元。我好奇他是否会把它掉在地上；我想要看到查尔斯趴在地上，拼命搜寻着我的银元。

"这不是她的钱，"他叫道，"她无权把它们藏起来。"

我好奇他是如何碰巧在我埋盒子的地方找到它的；可能查尔

斯和钱无论相距有多远，他们两者都能找到彼此，也可能是查尔斯正致力系统地挖掘我们的每一寸土地。"这太糟了，"他叫道，"太糟了，她没有这种权力。"

"没有造成任何损害。"康斯坦丝说。我能看出来她感到困惑，朱利安叔叔则在厨房里的某个地方敲着东西喊她。

"你怎么知道没有更多钱被埋在地下呢？"查尔斯拿着盒子指责道，"你怎么知道那个疯孩子没有把成千上万美金埋在无数个我们永远也不会发现的地方呢？"

"她喜欢埋东西，"康斯坦丝说，"来了，朱利安叔叔。"

查尔斯跟着她走到厨房里，手里依然捏着他挚爱的银元盒子。我想，他走后，我可以把盒子再埋起来，但我不开心。我走到楼梯口，看着查尔斯沿着过道走进书房；他显然是要把我的银元放在我们父亲的保险箱里。我快速跑下楼梯，穿过厨房，跑到外面。"小傻瓜，玛丽凯特。"我经过时康斯坦丝对我说；她正在把调味饼干排成一个个长列，好让它们冷却下来。

我想到查尔斯。我可以把他变成一只苍蝇，丢进一张蛛网里，看着他被缠住，看着他无助地挣扎，看着他被绕成一团，变成一只嗡嗡叫的垂死苍蝇；我可以一直许愿他死掉，直到他真的死掉。我可以把他绑在一棵树上，留他在那儿，直到他长进树干里，树皮封住他的嘴巴。我可以把他埋在之前埋我的银元盒的洞里，原本我的银元盒一直非常安全地埋在那儿，直到他出现；如果他在地下，我就可以走在他的上面，用脚踩他。

他甚至都没有费心把洞填起来。我能想象他走到这里，注意

114

到一处土壤被翻过，便停下脚步去戳它，然后拼命用两只手一起刨土，眉头紧皱，直到最后贪婪、震惊、气喘吁吁地发现我的银元盒子。"不要怪**我**。"我对那个洞说；我将不得不找些其他东西埋在这里，我希望埋的可以是查尔斯。

这个洞装他的脑袋会很不错。当我找到一块大小合适的圆石头时，我大笑起来，我在上面刻了一张脸，并把它埋进洞里。"再见，查尔斯，"我说，"下次不要到处乱走，拿其他人的东西了。"

我在小溪边待了一个小时左右；我待在小溪边的时候，查尔斯最终上楼，走进了那个现在既不是他的，也不是我们父亲的房间。我一度以为查尔斯来过我的藏身之处，但没有东西被动过，假如查尔斯来这里东翻西翻过的话，一切不会是原封不动的。然而，他去过的地方离我的藏身之处不远，这足以让我心烦，所以我清走我通常睡在上面的草和叶子，抖抖我的毯子，并重新铺上新的草和叶子。我洗刷了那块我有时坐在上面吃饭的平石头，并在入口处放了一根更好的树枝。我想知道查尔斯是否会回来寻找更多的银元，我想知道他是否会喜欢我的那六颗蓝色的弹珠。最后我肚子饿了，便走回我们的房子，查尔斯依然在厨房里大喊大叫。

"我不能相信，"他说，此时他的声音相当尖利刺耳，"我简直不能相信。"

我想知道查尔斯还会继续叫喊多久。他在我们的房子里制造出一种黑色的噪音，他的声音正变得越来越尖、越来越高，也许如果他喊得足够久，他就会吱吱叫起来。我坐在厨房门口的台阶上，乔纳斯蹲在我的旁边，我想假如查尔斯对康斯坦丝吱吱叫唤的话，康斯坦丝可能会大笑起来。然而，这从未发生，因为他一看到我坐在台阶上，他就沉默了片刻，然后当他再开口时，他降低了声调，放慢了语速。

"那么你回来了。"他说。他没有朝我移动，但他的声音让我感觉他仿佛在走近。我没有看他，我看着乔纳斯，乔纳斯看着他。

"我尚未决定我要如何处置你，"他说，"但无论我做什么，你都会记住的。"

"不要欺负她，查尔斯。"康斯坦丝说。我也不喜欢她的声音，因为它很陌生，我知道她心神不宁。"无论如何，这全是我的错。"这是她新的思考方式。

我觉得我应该帮帮康斯坦丝，也许让她笑一下。"豹斑鹅膏，"我说，"毒性极大。赭盖鹅膏菌可食用很美味。斑叶毒芹是一种水生毒芹，内服的话，它是毒性最强的野生植物之一。印第安麻不算是毒性最强的有毒植物，但小颠茄——"

"住嘴。"查尔斯说，语气依然很平静。

"康斯坦丝，"我说，"我和乔纳斯，我们回来吃午饭啦。"

"首先你必须对查尔斯堂哥解释。"康斯坦丝说，我感到一阵寒意。

查尔斯坐在厨房的桌子边，他的椅子被推得离桌子有点距离，并稍微有点转向门口的我。康斯坦丝站在他的身后，靠着水池。朱利安叔叔坐在他的桌子前，翻动着文稿。一排排的调味饼干在那里冷却，厨房里依然飘着肉桂和肉豆蔻的香气。我想知道，康

116

斯坦丝是否会在乔纳斯吃晚饭时给它一块调味饼干，但当然了，她从未这么做，因为这是最后一天。

"现在，你听好了。"查尔斯说。他之前从楼上抓了一把小树枝和烂泥下来，可能是为了向康斯坦丝证明它们确实是在他的房间里，也可能是因为他要亲手一点点把它们清理干净；小树枝和烂泥在厨房桌子上看起来很不合适，我想康斯坦丝看上去如此伤心的原因之一，可能是烂泥弄脏了她干净的桌子。"现在你听好了。"查尔斯说。

"我没办法在这里工作，如果那个年轻人一直这样说话的话，"朱利安叔叔说，"康斯坦丝，告诉他，他必须得安静一小会儿。"

"你，你也是的，"查尔斯用那种温和的声音说，"我已经受够你俩了。你们中的一个弄脏了我的房间，并走到哪里就把钱埋到哪里，另一个则连我的名字都记不住。"

"查尔斯。"我对乔纳斯说。我是那个埋钱的人，当然了，所以我不是那个记不住他名字的人，年迈的朱利安叔叔，可怜的他不能去埋任何东西，也记不住查尔斯的名字。我会记得要对朱利安叔叔好一点。"吃晚饭时，你能给朱利安叔叔一块调味饼干吗？"我问康斯坦丝，"能也给乔纳斯一块吗？"

"玛丽·凯瑟琳，"查尔斯说，"我会给你一个解释的机会。你为什么要把我的房间搞得一团糟？"

没有回答他的理由。他不是康斯坦丝，而且我对他说的任何话，都可能帮他重获他对我们房子的脆弱掌控。我坐在台阶上玩着乔纳斯的耳朵，我挠它耳朵时，它的耳朵会前后扇动。

"回答我。"查尔斯说。

"我得跟你说多少遍，约翰？我压根一点儿也不知道。"朱利安叔叔猛地把手拍在文稿上，纸片散落开来。"这是女人间的争吵，完全不关我的事。我不愿把我自己卷进我老婆的琐碎口角中去，我强烈建议你也别这么做。有尊严的男人不该因为女人们吵架就威胁、责备别人。你失格了，约翰，你失格了。"

"闭嘴。"查尔斯说；他又喊起来了，我很高兴。"康斯坦丝，"他略微放低声音说，"这很糟糕。你越早抽身出来，就越好。"

"——决不能让我自己的哥哥叫我闭嘴。我们会离开你的房子的，约翰，如果这真是你的心愿的话。然而，我请你反省。我和我的妻子——"

"全是我的错，所有这一切。"康斯坦丝说。我想她是快哭了。这么多年年后，难以想象康斯坦丝会再度哭泣，但我非常紧张，我觉得很冷，我无法动弹，无法朝她走去。

"你很邪恶，"我对查尔斯说，"你是一个鬼，一个恶魔。"

"胡说八道什么？"查尔斯说。

"不要介意，"康斯坦丝说，"不要听玛丽凯特乱说。"

"你是一个非常自私的人，约翰，甚至可以说是一个无赖，太钟情于世间俗物了；我有时好奇，约翰，你到底是不是一个绅士。"

"这是一个疯人院，"查尔斯确定地说，"康斯坦丝，这是一个疯人院。"

"我马上就会把你的房间打扫干净的。查尔斯，请不要生气。"

康斯坦丝异常激动地盯着我看，但我人绷得紧紧的，对她视而不见。

"朱利安叔叔。"查尔斯站起来，走到朱利安叔叔坐的桌子旁边。

"你不许动我的文件。"朱利安叔叔说，并试图用手遮住它们，"你离我的文件远一点，你这个杂种。"

"什么？"查尔斯说。

"我道歉，"朱利安叔叔对康斯坦丝说，"这不是适合你听的语言，亲爱的。我只是叫这个年轻的杂种离我的文件远一点而已。"

"瞧，"查尔斯对朱利安叔叔说，"我跟你说，我对此受够了。我不会碰你的破文件的，我不是你的哥哥约翰。"

"你当然不是我的哥哥约翰；你不够高，矮了半英寸。你是一个年轻的杂种，我希望你回到你的父亲那里去，令我感到羞耻的是，你的父亲是我的哥哥亚瑟，告诉他，我是这么说的。等你母亲在场时说，只要你愿意；她是一个意志坚强的女人，但缺乏家族感。她希望切断家族联系。因此，我不反对你在她面前重复我说的高级语言。"

"那些已经全被忘却了，朱利安叔叔；我和康斯坦丝——"

"你用这样的语气跟我说话，我想你是忘记了**你自己**是谁，年轻人。我很高兴你有所悔改，但你已经占用了我太多的时间。现在请你彻底安静下来。"

"这得等我收拾完你的侄女玛丽·凯瑟琳。"

"我的侄女玛丽·凯瑟琳早就死了，年轻人。她没能熬过丧亲

119

之痛；我以为你知道的。"

"什么？"查尔斯狂怒地转向康斯坦丝。

"我的侄女玛丽·凯瑟琳死在一家孤儿院里，因为她在她姐姐谋杀案的庭审期间，被疏于照顾。但她对我的书而言，微不足道，所以我们就这样忘记她吧。"

"她就坐在这里。"查尔斯挥动双手说，他的脸涨得通红。

"年轻人，"朱利安叔叔放下他的笔，半转身对着他，"我相信，我已经向你指出了我的作品的重要性。你选择不停地打断我。我已经受够了。你要么保持安静，要么就离开这个房间。"

我对查尔斯大笑，就连康斯坦丝都在微笑。查尔斯站在那儿，盯着朱利安叔叔看，朱利安叔叔翻着他的文稿，自言自语道："该死的没教养的狗崽子。"接着他又说："康斯坦丝？"

"在，朱利安叔叔？"

"为什么我的文件都被放进这个盒子里了？我不得不再把它们全都取出来，重新整理它们。那个年轻人，有没有接近过我的文件？他有没有接近过它们？"

"没有，朱利安叔叔。"

"他自视甚高，我认为。他什么时候走？"

"我不会走，"查尔斯说，"我会留下来。"

"不可能，"朱利安叔叔说，"我们没有房间。康斯坦丝？"

"是，朱利安叔叔？"

"我午饭想要吃一块排骨。一小块好吃的排骨，煮得恰到好处。或许再吃点蘑菇。"

"好的，"康斯坦丝松了一口气说，"我应该开始准备午餐了。"她走到桌子边，清理走查尔斯留在那儿的烂泥和树叶，仿佛她很开心她终于可以这么做了。她把它们拂进一只纸袋里，把纸袋扔进垃圾筒里，然后她拿了一块抹布，回来用力擦拭桌子。查尔斯看看她，看看我，又看看朱利安叔叔。他显然是很困惑，无法用他的手指紧紧捏住他的所见所闻；这是一个欢乐的场面，看到被俘获的魔鬼第一次扭动挣扎，我为朱利安叔叔感到骄傲。康斯坦丝低头朝查尔斯微笑，没人继续叫喊，让她感到开心；她现在不会哭了，或许她也在一瞬间洞察到了一个紧张的恶魔，因为她说："你看上去很累，查尔斯。去休息到吃午饭吧。"

　　"去哪里休息？"他说，依然气鼓鼓的，"不教训一下那个小姑娘，我是不会离开这里的。"

　　"玛丽凯特？为什么要教训她？我说了，我会把你的房间打扫干净的。"

　　"难道你就不惩罚她了吗？"

　　"惩罚我？"这时我正站着，身体靠着门框发抖，"惩罚我？你是指不给我吃晚饭就叫我去睡觉？"

　　于是我跑开了。我跑啊跑，一直跑到草地里，草地的正中心一切都是那么安全，我在那里坐下，比我脑袋还高的草将我隐藏起来。乔纳斯找到我，我们一起坐在那里，没人能看见我们。

　　过了很长时间，我再次站起来，因为我知道自己要去哪里。我要去凉亭。我已经六年没去过凉亭附近了，但查尔斯让世界变得一片黑暗，唯有凉亭能让人透口气。乔纳斯不会跟着我；它不喜欢凉亭，当它看到我转上通向那里的杂草丛生的小径时，它就朝另一个方向走了，仿佛它有重要事情要做，它会在之后跟我在某个地方碰头。从来没人很喜欢过凉亭，我记得。我们的父亲规划了它，并打算把小溪引到它的附近，建造一个小小的瀑布，但造凉亭时有东西混进了木头、石块和油漆里，破坏了它的风水。我们的母亲曾在凉亭门口看到一只老鼠探头探脑地朝里窥视，从那以后就无法说服她再去那里了，任何我们的母亲不去的地方，也没其他人会去。

我从来没有在这附近埋过任何东西。地上的土黑且潮湿，没有东西埋在这里会感觉舒服的。凉亭四边的树都长得太低了，沉重地压在它的顶上，曾经种在这里的可怜的鲜花们，不是死掉了，就是长成了巨大的煞风景的野玩意儿。当我站在凉亭附近注视着它时，我觉得这是我见过的最丑陋的地方；我记得我们的母亲曾相当严肃地要求把它烧毁。

凉亭里面又黑又潮。我不喜欢坐在石头地面上，但没有其他任何可坐的地方；我记得曾经这里有椅子，可能还有过一个矮桌子，但现在这些都不见了，不是被搬走了，就是烂掉了。我坐在地上，在脑子里绕着餐桌给他们所有人安排位子。我们的父亲坐在餐桌的顶头。我们的母亲坐在餐桌的另一头。朱利安叔叔坐在妈妈的一手边，我们的弟弟托马斯坐在她的另一手边；我们父亲的旁边，坐着我们的姊姊桃乐茜和康斯坦丝。我坐在康斯坦丝和朱利安叔叔之间，这是我自己在桌上最合适、最恰当的位置。慢慢地，我开始聆听他们说话。

"——给玛丽·凯瑟琳买一本书。露西，玛丽·凯瑟琳不该有一本新书吗？"

"玛丽·凯瑟琳应该拥有她想要的一切，亲爱的。我们最爱的女儿，必须拥有任何她喜欢的东西。"

"康斯坦丝，你的妹妹没有黄油了。请马上给她传过去。"

"玛丽·凯瑟琳，我们爱你。"

"你永远也不能被惩罚。露西，你要确保我们最爱的女儿玛丽·凯瑟琳永远也不会被惩罚。"

"玛丽·凯瑟琳永远也不会让她自己做任何错事的；永远不会需要惩罚她。"

"我听说，露西，对于不听话的孩子，不给吃晚饭就送他们上床是一种惩罚。一定不能允许这发生在我们的玛丽·凯瑟琳身上。"

"我很同意，亲爱的。玛丽·凯瑟琳永远也不该受罚。永远也不能不给她吃晚饭就送她上床。玛丽·凯瑟琳永远也不会让她自己做任何可能受罚的错事。"

"我们心爱的，最最亲爱的玛丽·凯瑟琳必须被保护和珍爱。托马斯，把你的晚饭给你的姐姐吃，她想要再多吃一点。"

"桃乐茜——朱利安。我们心爱的女儿站起来时，你们也要站起来。"

"向我们钟爱的玛丽·凯瑟琳低头致意。"

八

　　我必须回去吃晚饭；我跟康斯坦丝、朱利安叔叔和查尔斯一起坐在餐桌边，这点至关重要。他们坐在那里吃晚饭，边吃边聊天，把食物互相递来送去，看到我的位子空着，这是不可想象的。我和乔纳斯，在渐渐降临的夜幕中，沿着小径走，穿过花园，我满怀爱意望着房子；这是一栋好房子，很快它就将被打扫得干干净净，漂漂亮亮的。我驻足片刻，凝视远处，乔纳斯蹭着我的腿，好奇地喵喵轻叫。

　　"我在看我们的房子。"我告诉它说，它安静地站在我的旁边，抬头看我。屋顶坚定地插进天空，墙壁紧密地聚拢，窗户闪着暗光；这是一栋好房子，几乎一尘不染。厨房的窗户和餐厅的窗户都透出亮光；到了他们吃晚饭的时间，我一定得在那儿。我想要待在房子里面，让房门在我身后紧闭。

　　当我打开厨房门走进去时，我能立刻感觉到房子里依然充斥着愤怒，我好奇谁能陷在一种情绪里那么久；我在厨房里能清楚地听到他的声音在那儿不停地说啊说。

　　"——一定得教训她一下，"他说，"绝对**不能**就这么继续下去。"

　　可怜的康斯坦丝，不得不没完没了地听着，眼看着食物冷掉，我想。乔纳斯抢在我前面跑进餐厅，康斯坦丝说："她来了。"

我站在餐厅的门口，谨慎地观察了一会儿。康斯坦丝身穿粉色衣服，头发整齐地梳到后面；我看她时，她朝我微笑，我明白她是厌倦了坐在那儿聆听。朱利安叔叔的轮椅被推到紧贴着桌子边，我难过地发现康斯坦丝把餐巾塞在他的下巴下面；不许朱利安叔叔自由地吃饭，真是太糟糕了。他正在吃肉糜糕，还有康斯坦丝在某个芬芳的夏日里腌制的豌豆；康斯坦丝已经把肉糜糕切成了小块，朱利安叔叔用调羹的背面把肉糜糕和豌豆压成泥，搅在一起，然后才尝试把它们送进嘴里。他没有在听，但那个声音却不停地说啊说。

"那么你决定再次回来了是吗？而且时间掐得很准，小姑娘；我和你的姐姐一直在努力思考如何给你一个教训。"

"把脸洗洗，玛丽凯特，"康斯坦丝温柔地说，"再把头发梳一下；我们不希望你蓬头垢面地坐在桌子前，你的堂哥查尔斯已经在生你的气了。"

查尔斯用叉子指着我。"我最好还是告诉你吧，玛丽，你的恶作剧彻底完结了。我和你的姐姐已经想明白了，我们受够了你的躲猫猫、搞破坏和耍脾气。"

我讨厌被人用叉子指着，我讨厌没完没了的声音，我希望他用叉子叉食物，把食物送进嘴里，然后扼死他自己。

"走吧，玛丽凯特，"康斯坦丝说，"你的晚饭要冷掉了。"她知道我不会坐在桌子边吃晚饭，之后她会把我的晚饭拿到厨房里给我吃，但我认为她不想让查尔斯想起这点，免得又给他一件训我的事情。我对她微微一笑，走到客厅里，我的身后那个声音还在讲话。我们的房子里很久都没有人说那么多话了，需要花点时间才能把它们扫地出门。我脚步沉重地走上楼梯，这样他们就能明确听到我上楼了，但当我走到楼梯顶端时，我则尽可能地轻手轻脚，乔纳斯默默地跟在我的后面。

康斯坦丝已经把他住的房间打扫干净了。它看上去非常空荡荡，因为她所做的只是把东西搬出去；她没有可以放回去的东西，因为我把它们全都搬去阁楼了。我知道抽屉柜的抽屉都是空的，壁橱和书架也是空的。房间里没有镜子，坏掉的怀表和有一节变形的表链孤独地躺在抽屉柜上。康斯坦丝拿走了湿掉的寝具，我猜想她已经晾干并把床垫翻面过了，因为床又被铺好了。长窗帘不见了，可能是要洗。他已经在床上躺过了，因为床被弄乱了，他依然在燃烧的烟斗躺在床头柜上；我猜想，康斯坦丝叫他吃晚饭前，他就躺在这儿，我想知道他是否四下打量过这个已经被改变的房间，试图寻找某些熟悉的东西，并希望壁橱的一角或天花板上的一盏灯可能让他重新掌控一切。康斯坦丝不得不独自一人把床垫翻个面，我对此感到抱歉；通常都是我来帮她，但或许他过来主动提出替她翻床垫了。她甚至替他拿来了一个新碟子，供他放烟斗；我们的房子里没有烟灰缸，当他不停地找地方放他的烟斗时，康斯坦丝从食品储藏室里拿了一组有缺口的碟子，给他放烟斗用。这些碟子是粉色的，边缘饰有金色的叶子；它们来自一套我记忆中最古老的餐具。

"它们是谁用的？"当康斯坦丝把它们拿进厨房时，我问她，"跟它们配套的杯子在哪里？"

"我从来没见谁用过它们；它们在我能进厨房干活前就存在了。某个曾祖母把它们跟嫁妆一起带来，它们被用到缺口后就被取代了，最后它们被闲置在食品储藏室里架子的最上层；只剩下这些碟子和三个餐盘了。"

"它们属于食品储藏室，"我说，"不该被放在房子里的各处。"

康斯坦丝把它们交给查尔斯，现在它们散落在各处，而不是在架子上体面地过着它们的小日子。它们中的一只在会客室，一只在餐厅，还有一只，我猜想，是在书房。它们并不脆弱，因为现在卧室里的这只并没有开裂，尽管它上面的烟斗在燃烧。我一整天都知道我会在这儿有所发现；我把碟子和烟斗从桌子上撩进垃圾筒里，它们轻轻地掉在筒里他带回家的报纸上。

我对自己的眼睛感到好奇；我的一只眼睛——左眼——看见的每样东西都是金色、黄色和橙色的，而我的另一只眼睛看见的却都是各种蓝色、灰色和绿色；可能一只眼睛负责白天，另一只负责黑夜。假如这世上的每个人都是不同的眼睛看到不同的颜色，那么可能还有许多颜色尚有待被发明。我走到楼梯口准备下楼时，我记起来，不得不回去洗脸、梳头。"你干什么花了那么长时间？"我在桌子边坐下时，他问，"你在上面干了什么？"

"你能给我做一个带粉红色糖霜的蛋糕吗？"我问康斯坦丝，"边缘上裱着金色的叶子？我和乔纳斯要开一个派对。"

"也许明天吧。"康斯坦丝说。

"吃好晚饭，我们要长谈一番。"查尔斯说。

"欧白英①。"我对他说。

"什么？"他说。

"致命的昏睡果，"康斯坦丝说，"查尔斯，请把这事先放一放。"

"我受够了。"他说。

"康斯坦丝？"

"在，朱利安叔叔？"

"我已经把盘子上的东西吃干净了。"朱利安叔叔在他的餐巾上发现了一小坨肉糜糕，就把它塞进嘴里。"现在我能吃什么呢？"

"或许再吃一点，朱利安叔叔？看到您这么饿，真是让人高兴。"

"我今晚感觉好了许多。我好多天没有感觉如此精神饱满了。"

我很高兴朱利安叔叔情况良好，我知道他很开心，因为他对查尔斯态度很蛮横。康斯坦丝把另一小块肉糜糕切碎时，朱利安叔叔盯着查尔斯看，年迈的眼眸闪烁着邪光，我知道他将说些尖酸刻薄的话。"年轻人。"他终于开口了，但查尔斯突然转过脑袋，朝客厅望去。

"我闻到了烟味。"查尔斯说。

康斯坦丝停住手，抬头转向厨房的门。"灶台？"她说着很快站起来，走到厨房里。

---

① 欧白英又常被称为"昏睡果"，是一种茄属植物。鲜红的果实看起来像小番茄，吃上去先苦后甜，但却有毒。

128

"年轻人——"

"肯定是烟。"查尔斯走去看客厅。"我在这里就能闻到。"他说。我想知道他以为自己是在跟谁说话;康斯坦丝在厨房里,朱利安叔叔正在思考他要说什么,我则已经停止听他说话了。"**一定是哪里冒烟了。**"查尔斯说。

"不是灶台。"康斯坦丝站在厨房的门口,看着查尔斯。

查尔斯转身走近我。"假如是你干了什么的话……"他说。

我大笑起来,因为显然查尔斯害怕上楼追踪烟雾;然后康斯坦丝说:"查尔斯——你的烟斗——"于是他转身跑上楼梯。"我一而再、再而三地叮嘱过他的。"康斯坦丝说。

"它会引发一场大火吗?"我问她,接着查尔斯在楼上尖叫起来,尖叫声跟冠蓝鸦一模一样,我认为。"那是查尔斯。"我委婉地对康斯坦丝说,她急忙跑进客厅抬头看。"出什么事了?"她问,"查尔斯,出什么事了?"

"火。"查尔斯冲下楼梯说。"快跑,快跑,该死的,整栋房子都起火了。"他对着康斯坦丝的脸尖叫,"而且你连个**电话**都没有。"

"我的文件,"朱利安叔叔说,"我必须把我的文件收集起来,把它们转移到一个安全的地方。"他用力推桌子边,把轮椅从桌边推开。"康斯坦丝?"

"快跑,"查尔斯说,此刻他正在前门用力拧着门锁,"**快跑**,你这个蠢货。"

"过去的几年里,我都没怎么跑过,年轻人。我觉得没理由如此歇斯底里；有时间收集好我的文件。"

这时查尔斯已经把前门打开了，他在门槛上转身对康斯坦丝喊。"不要试图去搬保险箱了，"他说，"把钱装在一个袋子里。我去寻求救援，会尽快回来。不要惊慌失措。"他跑出去，我们能听到他一路朝村子跑，一路尖叫："火！火！火！"

"天哪。"康斯坦丝说，几乎被逗乐了。然后她去推朱利安叔叔的轮椅，帮他回到他的房间里，我跑到客厅里去观察楼梯上面。查尔斯把我们父亲房间的门大敞着，我能看到里面摇曳的火苗。火是往上烧的，我想；它会烧掉阁楼里他们的东西。查尔斯让前门也敞开着，一缕烟雾弥漫到楼下，飘到外面。我不觉得有任何理由需要快速行动，或绕着房子大声尖叫，因为火势似乎也没有很快蔓延开来。我好奇我是否能上楼去把我们父亲房间的门关起来，把火势局限在那里面，好让它完全属于查尔斯，但当我开始走上楼梯时，我看见一束火苗从里面蹿出来，烧在走廊的地毯上，我们父亲的房间里的一件重物掉下来，在地上摔得粉碎。现在那里面不会有任何查尔斯的痕迹了；就连他的烟斗肯定也被烧掉了。

"朱利安叔叔正在收集他的文件。"康斯坦丝走到客厅里，站在我的身边说。她的胳膊上搭着朱利安叔叔的大披巾。

"我们得走到外面去。"我说。我知道她很害怕，所以我说："我们可以待在门廊里，躲在葡萄藤后面，隐匿在黑暗里。"

"我们前两天刚清理过房子，"她说，"它没有权利就这么烧起来。"她开始发抖，仿佛是很生气，我拉住她的手，带她穿过敞开的前门，正当我们转身回去再看一眼房子时，车道上灯光乱闪，响起了恶心的警报声，我们被挟持在门口的光线里。康斯坦丝把脸埋在我的身上来躲避，然后吉姆·唐尼尔第一个从消防车上跳下来，跑上台阶。"闪开。"他说着把我们推开，冲进我们的房子里。我把康斯坦丝领到门廊的角落、葡萄藤最浓密的地方，她躲进角落里，身体紧贴着葡萄藤。我紧紧地握住她的手，我们一起看着男人们拖着消防软管，大脚踏进我们的门槛，把污秽、混乱和危险带入我们的房子。车道上逐渐亮起了更多的灯，灯光一路照到台阶上，房子的前面彻底暴露在人们的视线中，呈现出一片让人不适的惨白；它以前从来没有这样被灯光照过。噪声太响，我一下子无法承受，但噪声里的某处传来了查尔斯的声音，依然是那么喋喋不休。"先救书房里的保险箱。"他起码喊了一千遍这句话。

彪形大汉们从前门闯进去，在他们之间，烟雾从前门涌出来。"康斯坦丝，"我轻轻地说，"康斯坦丝，不要看他们。"

"他们能看见我吗？"她轻轻地回应，"有人在看吗？"

"他们都在关注大火。不要出声。"

我在葡萄藤间小心地往外看。一长排车子和村里的消防车，全都停在离房子尽可能近的地方，村里的每个人都在那儿仰头观望。我看见有些脸在大笑，有些脸上则写满了恐惧，然后一个离我们非常近的人喊道："女人们怎么样了？还有那个老头，有人看见他们吗？"

"他们获得了足够多的警报，"查尔斯在某个地方喊道，"他们都没事。"

131

朱利安叔叔足以操纵轮椅从后门逃出去，我想，但大火似乎没有烧到厨房和朱利安叔叔的房间附近；我能看到软管，听到男人们的叫喊，他们全都在台阶上和楼上房子前部的卧室里。我无法穿过前门，就算我能把康斯坦丝留在那儿，我也无法避开灯光、避开他们所有人的众目睽睽，走下台阶绕去后门。"朱利安叔叔会害怕吗？"我轻轻地问康斯坦丝。

　　"我想他会很恼火。"她说。过了几分钟她说："要擦拭很久，才能把那个客厅弄干净。"然后她叹了一口气。我很高兴她忘了外面的人们，而是在想房子的事情。

　　"乔纳斯？"我对她说，"它在哪里？"

　　我能在黑漆漆的葡萄藤之间看到她的微笑。"它也很恼火，"她说，"我推朱利安叔叔去拿他的文件时，我看到它从后门跑出去了。"

　　我们都没事。朱利安叔叔或许已经彻底忘了大火，如果他开始专心致志地摆弄他的文件的话，乔纳斯几乎肯定是在树木的阴影下观望。当他们扑灭查尔斯的大火后，我会带康斯坦丝回到里面，我们可以重新开始打扫我们的房子。康斯坦丝越发沉默了，虽然越来越多的汽车出现在车道上，人们的脚在我们的门槛上急促地反复踏进踏出。除了吉姆·唐尼尔戴了一顶"队长"标志的帽子之外，不可能辨认出其他任何一个人，那些聚集在外面，在我们房子前面仰着脑袋，对着大火哄笑的人们，完全不可能把他们的名字和脸对上号。

　　我试图清晰地思考。房子在燃烧；我们的房子里有大火，但吉姆·唐尼尔和其他戴着帽子、穿着雨衣、叫不上名字的男人们却奇怪地有能力扑灭这场正在烧透我们房子骨架的大火。这是查尔斯的大火。当我刻意倾听这场大火时，我能听到它，楼上有一个灼热的噪音在唱歌，但在它的上面和周围却是室内男人们的声音、外面观望人群的声音，以及车道上远处汽车的声响。康斯坦丝在我身边默默地站着，她有时看着走进房子的男人们，但更多的时候，她用手捂住眼睛；她情绪激动，我想，但没有身处任何危险之中。时不时可以听到一个声音压过其他声音；不是吉姆·唐尼尔大声喊了几句指示，就是有人在人群里大叫。"为什么不让它就这么烧着呢？"一个女人叫道，大笑声响起，接着："把楼下书房里的保险箱救出来。"那是查尔斯，安然无恙地引领着人群。

"为什么不让它就这么烧着呢？"那个女人坚持不懈地喊道，在我们前门进进出出的黑色身影之一转身、挥挥手、露齿一笑。"我们是消防员，"他大声回复，"我们**必须**把它扑灭。"

"让它烧。"女人喊道。

到处都是烟雾，丑陋的浓烟。有时当我望出去时，这些人的面孔都被笼罩在浓烟之下，可怕的浓烟从前门一波波地汹涌而出。一度房子里面响起了一个巨大的坍塌声，急促焦虑的说话声此起彼伏，外面的人都在烟雾中高兴地仰起脸、张着嘴。"把保险箱救出来，"查尔斯拼命大喊，"你们派两三个人去把保险箱从书房里搬出来；整栋房子是保不住了。"

"让它烧。"女人喊道。

我很饿，我想要吃晚饭，我想知道他们要让火烧多久才会把它扑灭，离开，我和康斯坦丝才能回到房子里面。一两个村里的男孩慢慢地走上门廊，极其靠近我们站的地方，但他们只朝房子里张望，却没有注意门廊，他们努力踮起脚尖，试图看到消防员和软管后面的情况。我很累，我希望一切快点结束。这时我意识到灯光在变暗，草地上的人脸变得模糊，噪声里出现了一个新的调子；房子里面的人声没有那么清晰刺耳了，几乎变得有点欢欣，户外的人声也透着失望变轻了。

"火要灭了。"有人说。

"控制住了。"另一个声音补充道。

"但是造成了巨大的破坏，"笑声响起，"肯定是把这个老旧的地方搞得一团糟了。"

"多年前就该把这个地方埋了。"

"连他们一起埋掉。"

他们指的是我们，我想，我和康斯坦丝。

"那么——有人**看见**他们了吗？"

"没这样的运气。消防员把他们赶出来了。"

"太糟了。"

灯光几乎熄灭了。现在外面的人们站在阴影之中，他们的面孔狭窄黑暗，惟有车灯照着他们；我看见一个微笑闪过，另外某处有一只手举起来挥舞，懊恼的人声持续着。

"快结束了。"

"相当不错的大火。"

吉姆·唐尼尔从前门出来。大家都知道是他，因为他的身形和他帽子上的"队长"标志。"嘿，吉姆，"有人喊道，"你为什么不让它就这样烧呢？"

他举起双手，示意大家安静下来。"火都灭了，大家。"他说。

在大家的注视下，他小心翼翼地抬起双手，摘掉带着"队长"标志的帽子，慢慢走下台阶，走到消防车边，把帽子放在车子的前座上。然后，他弯下腰仔细地搜寻，在大家的注视下，他最后捡起一块石头。在一片寂静无声中，他慢慢地转身，然后举起胳膊用力一掷，石头把我们母亲会客室里的一扇大大的高窗砸得粉碎。他的身后轰然响起一浪高过一浪的大笑声，接着，首先是男孩子们走上了台阶，然后是其他男人们，最后女人们和小孩子们也都走上了台阶，他们像浪一样涌入我们的房子里。

"康斯坦丝，"我说，"康斯坦丝。"但她用手捂着眼睛。

会客室里的另一扇高窗也被砸碎了，这一次是从里面砸的，我目睹它被会客室里一直摆在康斯坦丝椅子边的电灯砸碎。

超越这一切的，最最恐怖的，是哄笑声。我看见一个德累斯顿小雕像被扔在门廊的横栏上，砸得粉碎，另一个掉在地上没碎，滚到草上。我听见康斯坦丝的竖琴在一个乐声中翻倒，我还听到一个我知道是一把椅子被砸在墙上所发出的响声。

"听着，"查尔斯在某个地方说，"你们几个，能帮我搬一下这个保险箱吗？"

然后，在一片哄笑声中，有人开始念叨："玛丽凯特，康斯坦丝说，你要喝茶吗？"有节奏的喋喋不休。我在月球上，我想，请

135

让我待在月球上。接着，我听到砸盘子的声音，在那一刻，我意识到我们是站在餐厅高窗户外的外面，他们正朝我们无限逼近。

"康斯坦丝，"我说，"我们必须逃跑。"

她摇摇头，双手捂在眼睛上。

"他们马上就会发现我们的。求求你，我最亲爱的康斯坦丝，跟我一起跑。"

"我不行。"她说。贴着餐厅窗户从里面传来一声叫喊："玛丽凯特，康斯坦丝说，你想睡觉吗？"就在窗户碎掉的前一刻，我把康斯坦丝拉走了；我想它是被一把椅子砸烂的，可能是我们父亲过去常坐、后来查尔斯坐的餐椅。"快点。"我说，置身于所有这些噪音中，我不再能保持安静，我拉着康斯坦丝的手，朝台阶跑去。当我们走进光线里时，她躲在朱利安叔叔的披巾下面，用它蒙住脸。

一个小女孩拿着什么东西从前门跑出来，她的母亲跟在后面，抓住她的裙子背面，并打她的手。"叫你不要把那玩意儿放进嘴里。"那个母亲尖叫道，小女孩丢下了一把康斯坦丝做的调味饼干。

"玛丽凯特，康斯坦丝说，你要喝茶吗？"

"玛丽凯特，康斯坦丝说，你想睡觉吗？"

"哦，不要，玛丽凯特说，你会给我毒药吃。"

我们必须走下台阶，走到树林里，才能安全；路并不远，但汽车的前灯照亮了整块草坪。我怀疑康斯坦丝在灯光里跑会脚下打滑摔倒，但我们必须跑去树林里，没有任何其他办法。我们在台阶附近犹豫了，我俩中没有一个敢继续走，但窗户都碎了，他们正在里面摔我们的盘子，我们的玻璃杯，我们的银器，甚至是康斯坦丝用来烧饭的锅子；我想知道厨房角落里我的凳子是否也被砸烂了。我们驻足不动的最后一刻，一辆汽车驶上车道，还有一辆车紧随其后；它们一转弯，停在房子前面，对草坪投射出更多的光线。"这儿到底在搞什么鬼？"吉姆·克拉克从第一辆车里滚出来说，另一边，海伦·克拉克张大嘴巴，盯着眼前的一切。吉姆·克拉克一路边喊边推，从前门挤进我们的房子里，压根没有看到我们，"这儿究竟在搞什么鬼？"他不停地说，室外的海伦·克拉克也完全没有看到我们，她只是盯着我们的房子看。"疯狂的蠢货，"吉姆·卡拉克在里面大吼，"又疯又蠢的醉鬼。"莱维医生从第二辆车里出来，快步走向房子。"这里的每个人都发疯了吗？"吉姆·克拉克在房子里说，接着传来一声大笑。"你要喝茶吗？"里面有人尖叫道，他们都大笑起来。"应该一块砖一块砖地把它拆掉。"里面有人说。

医生跑上台阶，看也不看就把我们推到一边。"朱利安·布拉克伍德在哪里？"他问门口的一个女人，女人说："坟场往下十英尺。"

是时候了；我紧握住康斯坦丝的手，我们开始小心翼翼地走下台阶。我没有跑，因为我害怕康斯坦丝会摔倒，所以我领着她慢慢地走下台阶，没人会看到我们，除了海伦·克拉克，而她在盯着房子看。在我们的身后，我听到吉姆·克拉克在叫喊，他正试图让人们离开我们的房子，我们还没走到台阶的最底下，后面就传来了人声。

"她们在那儿。"有人喊道，我觉得是史黛拉。"她们在那儿，她们在那儿，她们在那儿。"我开始跑，但康斯坦丝绊了一下，然后他们就把我们紧紧围住了，他们推呀，笑呀，试图凑近看。康斯坦丝用朱利安叔叔的披巾蒙住脸，这样他们就看不到她了，我们纹丝不动地站了一会儿，被人团团围住的感觉让我们紧紧地贴在一起。

"把她们弄回房子里去，点火重新烧一遍。"

"我们替你们两个小姑娘妥善地解决了一切问题，就像你们一直想要的那样。"

"玛丽凯特，康斯坦丝说，你要喝茶吗？"

在可怕的一瞬间，我以为他们将手拉手，围着我们唱歌，跳舞。我看见远处的海伦·克拉克紧紧地靠着她车子的一边；她一边哭一边说着什么，即使我在噪声中无法听到她说的话，我知道她是在说："我想要回家，求求你，我想要回家。"

"玛丽凯特，康斯坦丝说，你想睡觉吗？"

他们尽量不碰到我们；每当我转身时，他们都会退后一点；有一次，我从两个肩膀之间，看到废品旧货站的哈勒在我们房子的门廊里逛来逛去，捡东西，把它们在旁边堆成一堆。我紧握着康斯坦丝的手，稍微移动了一下，当他们后退时，我们突然跑起来，朝树林跑，但吉姆·唐尼尔的老婆和穆勒夫人出来挡在我们

138

的前面，她们大笑着伸出胳膊，我们就停住了。我转身，稍微拉了一下康斯坦丝，我们又跑，但史黛拉和哈里斯家的男孩们横在我们的前面，他们大笑着，哈里斯家的男孩们喊道："坟场往下十英尺。"我们又停住。接着，我转向房子，再度开始跑，康斯坦丝拖在我后面，可食品杂货店的埃尔伯特和他那贪婪的妻子在那儿，他们手拉手挡住我们，几乎像是在一起跳舞，我们只能停下。然后，我转向一边，吉姆·唐尼尔出现在我们的前面，我们再次停下脚步。

"哦，不要，玛丽凯特说，你会给我毒药吃。"吉姆·唐尼尔殷勤地说，他们又绕着我们，小心地保持距离，不碰到我们，把我们围住，"玛丽凯特，康斯坦丝说，你想睡觉吗？"压倒一切的是大笑声，几乎淹没了哈里斯家的男孩们唱歌、叫喊和嘶吼的声音。

"玛丽凯特，康斯坦丝说，你要喝茶吗？"

康斯坦丝一只手抓着我，另一只手用朱利安叔叔的披巾蒙住脸。我看见围绕我们的人群中闪出一道空隙，又朝树林的方向跑，但所有哈里斯家的男孩都在那儿，一个躺在地上大笑，于是我们停下来。我又转身面对房子，但史黛拉走上前来，我们停下脚步。康斯坦丝脚下一个踉跄，我怀疑我们会在他们眼前摔倒在地，我们倒在地上的话，他们就可能跳着舞，踩在我们的身上，于是我驻足不动，我决不能让康斯坦丝在他们面前摔倒。

"到此为止吧。"吉姆·克拉克在门廊里说。他的声音不大，但他们都听到了。"够了。"他说。人群礼貌地安静了片刻，然后有人说:"坟场往下十英尺。"大笑声又响起来了。

"听我说,"吉姆·克拉克提高音量说,"听我说。朱利安·布拉克伍德死了。"

然后他们终于安静了下来。过了一会儿查尔斯·布拉克伍德在我们周围的人群中说:"是她杀了他吗?"他们从我们周围慢慢地,一小步一小步地,逐渐往后退去,直到我们周围出现了一个大空当,康斯坦丝用朱利安叔叔的披巾蒙着脸,四下无人地站在那儿。"是她杀了他吗?"查尔斯·布拉克伍德又问了一遍。

"不是她,"医生站在我们房子的门口说,"朱利安死于我一直知道会导致他死亡的原因;他已经拖了很长时间了。"

"现在都安静地走吧。"吉姆·克拉克说。他开始按着人们的肩膀,略微推着他们的背,把他们引向他们的汽车和车道。"快点走,"他说,"这栋房子里死了一个人。"

尽管有那么多人在穿过草坪离开,但这时周遭是如此安静,我能听见海伦·克拉克说:"可怜的朱利安。"

我在黑暗中小心翼翼地迈出一步,我轻轻地拉了康斯坦丝一下,好让她跟着我。"心脏病。"医生在门廊里说,我又迈了一步。没人转身看我们。汽车门轻轻地被关上,传来各个引擎发动的声音。我又一次回头看。一小队人在医生周围,站在台阶上。大多数车灯都转开,朝车道的另一头驶去。当我感觉树的阴影罩着我们时,我快速移动;再迈最后一步,我们就在树影里了。我拉着康斯坦丝,在树影下在黑暗中快跑;当我感觉到我的脚离开草地,踏在横穿树林的小径松软的苔藓地面上时,我知道我们是被笼罩在树林之中了，我停下来，抱住康斯坦丝。"全都结束了。"我告诉她，紧紧地抱住她。"没事了，"我说，"现在都没事了。"

无论是黑夜还是白天，我都对方向路线了如指掌。一度，我想我已经整理好了我的藏身之处，把它弄得焕然一新，这是多么好，现在它将让康斯坦丝感到舒心。我将给她盖上树叶，就像《森林里的孩子》①一样，保证她的安全和舒适。可能我会唱歌给她听，或给她讲故事；我会给她摘来娇艳的水果和浆果，用树叶做成的杯子，给她盛水喝。有一天，我们会去月球。我找到了我的藏身地的入口，把康斯坦丝领进去，带到铺着一堆新鲜树叶和毯子的角落里。我轻轻地推推她，直到她坐下来，我从她那里拿过朱利安叔叔的披巾，把它盖在她身上。角落里传来一阵咕噜咕噜的哼哼声，我知道乔纳斯一直在这儿等我。

我在入口处横放上树枝；即使他们打着手电来，他们也不会看到我们。周遭并非漆黑一片；我能看见康斯坦丝的影子，当我仰面躺下时，我看到了两三颗星星，它们在远处的树叶和枝条间闪烁，星光洒下来，洒在我的脑袋上。

我们母亲的一个德累斯顿小雕像被摔碎了，我想，我大声对康斯坦丝说："我将在他们所有人的食物里下毒，然后看着他们死掉。"

---

① 《森林里的孩子》是一个传统的英国儿童故事，讲述两个被遗弃的孩子死后被知更鸟用树叶覆盖的情节。

康斯坦丝动了一下，树叶发出沙沙的声响。"就像你过去干的那样？"她问。

我俩之间从未谈过这事，六年里一次也没提过。

"是的，"片刻之后我说，"就像我过去干的那样。"

九

夜晚的某个时间，来了一辆救护车，把朱利安叔叔运走了，我怀疑他们没注意到他的披巾不见了，康斯坦丝正裹着它睡觉。我看见救护车的车灯转上车道，救护车顶上的红灯一闪一闪的，我听见远处朱利安叔叔离开的声响，人们说话的声音很轻柔，因为他们正面对一名死者，车门开了又关。他们喊了我们两三次，可能是想问他们是否能把朱利安叔叔运走，但他们的声音压得很低，也没人来树林里。我坐在小溪边，希望自己之前有对朱利安叔叔更好一点。朱利安叔叔以为我死了，现在他自己却死了；向我们钟爱的玛丽·凯瑟琳低头致意，否则你就会死掉，我想。

溪水在黑夜里懒洋洋地流淌，我好奇现在我们的房子变成什么样了。可能大火已经烧毁了一切，我们明天回去时会发现过去的六年都被烧得一干二净，他们正围坐在餐桌边等康斯坦丝给他们上晚饭。

可能我们会发现我们自己置身于罗切斯特宅邸，生活在村子里，住在河上的一艘船屋里，或是某个山顶的一座塔里；可能大火被劝说改变了方向，放弃了我们的房子，转而烧毁了村子；可能现在村民们都死了。可能村子其实是一块巨大的游戏板，上面整齐地标示着方块格子，我已经走过了一个写着"大火回到起点"的格子，现在只剩下最后几个格子了，只需一步就能到家。

乔纳斯的毛闻上去一股烟味。今天是海伦·克拉克来喝茶的日子，但今天不会有下午茶了，因为我们必须整理房子，尽管这不是通常整理房子的日子。我希望康斯坦丝做了三明治让我们带来小溪边吃，我想知道海伦·克拉克是否会尝试来喝茶，即使房子还没整理好。我决定，从现在起，我将不被允许拿茶杯。

天空刚投出第一缕光亮的时候，我听见康斯坦丝在树叶上翻身的动静，我走进我的藏身之处，以便在她醒来时陪在她的身边。她睁开眼睛，先是看了看她头上的树，然后才看我，并微微一笑。

"我们终于在月球上了。"我告诉她说，她笑笑。

"我原以为这一切都是我做的梦。"她说。

"真的发生了。"我说。

"可怜的朱利安叔叔。"

"他们昨天夜里来家里把他运走了，我们当时待在这里，月球上。"

"我很高兴我在这里，"她说，"谢谢你带我来。"

她的头发里有树叶，脸上有泥土，尾随我进入我的藏身之处的乔纳斯吃惊地盯着她看；它以前从未见过康斯坦丝脏着脸。她沉默了片刻，没有再微笑，而是回望着乔纳斯，意识到自己蓬头垢面，然后她说："玛丽凯特，我们该怎么办呢？"

"首先，我们必须整理房子，即便今天不是通常干这个的日子。"

"房子，"她说，"哦，玛丽凯特。"

"我昨晚没吃晚饭。"我告诉她说。

"哦，玛丽凯特。"她坐起来，迅速掀掉朱利安叔叔的披巾，拂去头上的树叶；"哦，玛丽凯特，可怜的宝贝，"她说，"我们要动作快点。"她赶紧站起来。

"首先，你最好洗一下你的脸。"

她走到小溪边，弄湿她的手帕，擦拭脸庞，我则拿起朱利安叔叔的披巾，把它折好，我想今天早上是多么奇怪啊，一切都倒过来了；我以前从来没碰过朱利安叔叔的披巾。我已经看出来了，规则将有所不同，但折朱利安叔叔的披巾还是感觉很奇怪。我想，之后，我要回到这里，回到我的藏身之处，清理它，并放上新鲜的树叶。

"玛丽凯特，你会饿坏的。"

"我们必须小心，"我边说边拉住她的手，让她慢下来，"我们必须非常安静、小心翼翼地走路；他们中的一些人或许依然在附近等着。"

我率先沿着小径走，轻手轻脚地，康斯坦丝和乔纳斯跟在我的后面。康斯坦丝无法像我一样脚步轻盈，但她几乎没有发出声响，当然乔纳斯则是完全悄无声息。我选择的路径会带我们走出树林，走到房子后面菜园的附近，当我走到树林边缘时，我停下脚步，挡住康斯坦丝，我们仔细观察，看看是否还有他们的人剩下。最初的一刻，我们只看到花园和厨房的门，它们看上去一如往昔，然后康斯坦丝倒吸了一口气说："哦，玛丽凯特。"说着她还呻吟了一下，我让自己尽量不动声色，因为我们房子的顶部不见了。

145

我记得昨天，我充满爱意地站着凝视我们的房子，我想它始终是如此高大，直插进上面的树里。今天，房子止于厨房门口的上方，扭曲烧焦的木头犹如一场噩梦；我看见一个窗框的一部分依然固定着碎玻璃，我想：那是我的窗户；我曾在房间里从那扇窗户往外看。

　　那儿没有任何人，也没有任何声响。我们一起慢慢地朝房子走去，试图理解它的丑陋、毁灭和羞耻。我看见灰烬在菜苗中飘来飘去；生菜必须得洗过我才能吃，还有番茄也是如此。火没有烧到这里，但康斯坦丝园子里的一切青草、苹果树和大理石凳子都散发着烟味，一切都是脏兮兮的。当我们走得离房子更近时，我们看得更清楚了，大火没有烧到房子的底层，但肯定是烧透了楼上的卧室和阁楼。康斯坦丝在厨房门口犹豫不决，但这扇门她以前开过无数遍，它肯定能认出她手的触感，于是她捏住门闩，把它提起来。当她打开门时，房子似乎颤抖了一下，尽管现在多吹一股风进来也不会让它感觉冷。康斯坦丝必须推门才能把它打开，但没有烧焦的木头裂开掉下来，我原以为可能会有东西突然一起塌下来，因为这栋看起来结实的房子现在只是一堆灰烬，触摸一下就可能瓦解。

　　"我的厨房，"康斯坦丝说，"我的厨房。"

　　她站在门口观望。我以为我们不知道怎么的在黑夜里找错了路，我以为我们不知道怎么的迷失了方向，从错误的时空中回来，或是走错了门，误入了错误的童话。康斯坦丝用手撑着门框，稳住她自己，又说道："我的厨房，玛丽凯特。"

"我的凳子还在那儿。"我说。

让门变得难开的障碍物是翻倒在侧边上的厨房桌子。我把它扶起来，我们走进去。两把椅子被砸烂了，地上一片狼藉，满是被摔碎的盘子和玻璃杯、被摔破的一盒盒食品和从架子上扯下来的纸巾。一罐罐的果酱、糖浆和番茄酱被砸烂在墙壁上。康斯坦丝用来洗碗的水池里，堆满了碎掉的玻璃杯，仿佛杯子是一个接一个有系统地在那儿被摔碎的。装着银器和烹饪器皿的抽屉，都被拉出来，砸烂在桌子或墙壁上，布拉克伍德家世代妻子存在房子里的银器，现在都四散在地上折了。布拉克伍德家女人们缝边并一遍遍清洗和熨烫、缝补和珍视的餐巾，都被从餐厅的餐具柜里拽出来，在地上横拖过厨房。似乎我们房子里所有的财富和隐藏的珍宝都被翻出来、撕扯和弄脏了；我看见破损的盘子——它们之前是放在厨柜最上层的，几乎贴着我脚边的是我们带玫瑰花图案的小糖碗——它的两个手柄都不见了。康斯坦丝弯下腰，捡起一把银调羹。"这是我们祖母婚礼的主题图案。"她说着把调羹放在桌上。然后她又说："果酱罐头。"她边说边转向地窖的门；它关着，我希望他们可能没看到它，或是可能没时间下到楼梯下面。康斯坦丝小心地走过去，打开地窖的门，往下看。我想象那些被漂漂亮亮保存起来的罐头现在碎成渣，躺在地窖黏糊糊的地上，但康斯坦丝往下走了一两步后说："没事，都没事；这儿没有任何东西被动过。"她再度关好地窖的门，横穿到水池边洗手，并从地上捡起一块干毛巾布，把手擦干。"首先，是你的早饭。"她说。

逐渐变强的阳光里，乔纳斯蹲在门口震惊地端详着厨房；一度它抬头看我，我好奇他是否以为这是我和康斯坦丝搞出来的一团糟。我看见一只杯子没有碎，我把它捡起来，放在桌上，然后想到去寻找其他可能逃脱了灾难的东西。我记得，我们母亲的一个德累斯顿小雕像之前安全地滚到草上，我想知道它是否成功地藏在某个地方，自保了下来；我之后会去寻找它。

　　一切都杂乱无章，毫无计划；这跟其他任何日子都不一样。康斯坦丝去了一趟地窖，抱了满怀的东西回来。"蔬菜汤，"她说，几乎像是在唱歌，"还有草莓酱，鸡汤，腌牛肉。"她把罐头放在厨房的桌上，慢慢转过来，低头盯着地板。"那儿。"最后她说，接着走到一个角落里，捡起一只小煎锅。然后，她突然又放下煎锅，走到食品储藏室里。"玛丽凯特，"她笑着喊道，"他们没有发现桶里的面粉。也没发现盐和土豆。"

　　他们发现了糖，我想。地板上全是砂糖，它们在我脚下几乎像是活的一样，我想，当然了；他们当然会去找糖，然后开心地大闹一场；可能他们互相扔糖，边扔边尖叫："布拉克伍德家的糖，布拉克伍德家的糖，要尝一尝吗？"

　　"他们找到了食品储藏室，"康斯坦丝继续说道，"找到了麦片和食品罐头。"

　　我慢慢地在厨房里走，边走边盯着地板看。我想他们大概是甩着胳膊掀翻各种东西的，因为满是瘪坑的罐头四散在地上，仿佛它们曾被抛到空中，一盒盒的麦片、茶叶和饼干都被脚踩得破了口。一听听的调料都在一起，被扔在角落里，没有被打开；我想我还是可以依稀闻到康斯坦丝做的饼干的香气，然后我看到它们中的一些被碾碎在地上。

康斯坦丝从食品储藏室里拿了一条面包出来。"瞧瞧他们没发现的东西，"她说，"冷藏箱里还有鸡蛋和黄油。"由于他们没有找到阁楼的门，所以他们也没找到就在里面的冷藏箱，我很高兴他们没发现鸡蛋，没把它们混入地上的一团糟。

我一次性找到了三把没有坏掉的椅子，我把它们放回桌子边它们原来的位置上。乔纳斯蹲在我的角落里的凳子上，观察着我们。我用一个没有手柄的杯子喝了鸡汤，康斯坦丝洗了一把餐刀，用来把黄油涂抹在面包上。尽管我当时没有察觉到，但我们往日的时间和秩序规律已经结束了；我不知道我是什么时候找到那三把椅子的，不知道我是什么时候吃的涂了黄油的面包，也不知道我是先找到了椅子再吃了面包，还是先吃了面包再找到了椅子，抑或两者是同时发生的。一度，康斯坦丝突然转身放下餐刀，她开始朝朱利安叔叔关着的房门走去，然后又转回来微微一笑。"我以为我听到他醒来了。"她说，接着再度坐下来。

我们还没有走出过厨房。我们依然不知道房子还剩下多少可供我们使用，也不知道我们会在紧闭的房门之外、在餐厅和客厅里发现什么。我们静静地坐在厨房里，庆幸我们依然拥有椅子、鸡汤和从门口照进来的阳光，我们还没准备好更进一步。

"他们会如何处理朱利安叔叔？"我问。

"他们会举办一个葬礼，"康斯坦丝伤心地说，"你还记得其他人的葬礼吗？"

"我当时在孤儿院。"

"他们让我去了其他人的葬礼。我能记得。他们会给朱利安叔叔举办一个葬礼，查尔斯会去，卡林顿一家、小赖特夫人肯定也会去。他们会互相诉说他们是多么悲伤。他们会期待地看我们是否在那儿。"

我能感觉到他们期待地看我们是否在那儿，我颤抖了一下。

"他们会把他跟其他人埋葬在一起。"

"我想要为朱利安叔叔埋点东西。"我说。

康斯坦丝凝视着自己静静摊在桌上的纤长手指，沉默不语。"朱利安叔叔不在了，其他人也不在了，"她说，"我们房子的大部分都不见了，玛丽凯特；只剩下我们两个了。"

"乔纳斯。"

"乔纳斯。我们要比以往任何时候都更加牢靠地把我们自己锁起来。"

"但今天是海伦·克拉克来喝茶的日子。"

"不，"她说，"不会再有了。不会再来这儿了。"

只要我们一起安静地坐在厨房里，就可能推迟见到房子的其余部分。图书馆借来的书依然摆在它们的架子上，没被动过，我猜没人想碰属于图书馆的书；毕竟，毁坏图书馆的东西，是会被罚款的。

过去一直脚步轻快的康斯坦丝，现在似乎一动也不愿动；她坐在厨房的桌子边，两手摊开在她面前，没有环顾四周的破坏，几乎是在做梦，仿佛她压根就不相信自己今早醒来了。"我们必须清理房子。"我不安地对她说，她在对面朝我笑笑。

当我感觉自己不能再等她时，我说："我要去看看。"然后我站起来，走向餐厅的门。她望着我没动。当我打开餐厅的门时，一股令人震惊的潮气扑面而来，地上到处都是烧焦的木头、各种被破坏的东西以及高窗上的玻璃，餐具柜上的银质茶具被横扫到地上，并被踩踏成了一堆奇形怪状、难以辨认的玩意儿。这里的椅子也被弄坏了；我记得他们搬起椅子，把它们猛掷向窗户和墙壁。我穿过餐厅，走进前厅。前门大敞着，早晨的阳光在客厅的地板上照出图案，撒在碎玻璃和破布上；过了一会儿，我认出破布是会客室里我们母亲曾经做过的十四英尺长的窗帘。外面没人；我站在敞开的门口，看见草坪上满是汽车轮胎压过的痕迹和人们手舞足蹈留下的脚印，消防管子拖过的地方都是一个个带水的泥坑。前门廊上丢满了垃圾，那堆整齐码着的半破的家具，我记得是经营垃圾旧货站的哈勒昨晚收集起来，堆在一边的。我好奇他是否打算今天开一辆卡车来运走所有他能运走的东西，还是说他收集起这堆东西，完全是因为他喜欢大堆的破烂，只要有机会，就无法抗拒收集破烂的习惯。我等在门口，确认没人在监视，然后我跑下台阶，走到草坪上，在一株灌木丛的根部找到了我们母亲没被摔坏的那个德累斯顿小雕像；我想把它拿给康斯坦丝。

她依然静静地坐在厨房的桌子边，当我把德累斯顿小雕像在她面前放下时，她看了一会儿，然后用手拿起它，把它贴在脸颊上。"这都是我的错，"她说，"不管怎样，这都是我的错。"

"我爱你，康斯坦丝。"我说。

"我也爱你，玛丽凯特。"

"那么你会给我和乔纳斯做小蛋糕吗？粉红色的糖霜，边缘上裱着金色的叶子？"

她摇摇头，一度我以为她不会回答我了，接着她深吸了一口气，站了起来。"首先，"她说，"我要把这个厨房打扫干净。"

"你要怎么处理它？"我用指尖轻轻地碰碰德累斯顿小雕像，问她。

"将它物归原处。"她说，我跟着她，她打开通往客厅的门，穿过客厅，走到会客室的门口。客厅里的垃圾比房间里少，因为里面可摔的东西少，但客厅里有从厨房里带出来的碎片，我们踩到了被扔到这里的调羹和盘子。我们走进会客室，我震惊地看到我们母亲的画像优雅地俯视着我们，画像周围、会客室的其他部分却是一片狼藉。蛋糕般的饰边被烟灰都熏黑了，再也不可能变得白净；我讨厌看到会客室这副样子，甚至超过讨厌看到厨房或餐厅，因为以前我们一直都把会客室弄得很整洁，我们的母亲也很喜欢这个房间。我想知道是他们中的哪个人推倒了康斯坦丝的竖琴，我记得自己听到它在一声巨响中倒下来。椅子上玫瑰花图案的织锦都被扯得又破又脏，他们用湿脚对椅子和沙发又踢又踩，在上面留下了无数的脏脚印。这里的窗户也都碎了，窗帘都被扯下来，从外面能清楚地看到我们。

"我想我们可以关上护窗板。"我说，康斯坦丝在门口犹豫不前，不愿意迈步走到房间里来。我从损坏的窗户走到外面的门廊里，我想以前从来没人这样走过，我发现我能轻易地把护窗板上的钩子松开。护窗板跟窗户一样高；原来它的用途是当夏季结束全家搬去城里的房子时，一个男人可以用梯子爬上去，关闭护窗板，但那么多年里，护窗板都没有被关闭过，它上面的钩子都生锈了，我只要摇晃沉重的护窗板，就能把钩子从房子上拉掉。我摇晃护窗板，把它关上，但我只能够到并插好最底下的两个插销；我头上很高的地方，还有两个插销；或许，我可以在某个晚上拿一把梯子出来，但现在只能靠底下的两个插销固定护窗板。把会客室里两扇高窗的护窗板都关好后，我沿着门廊走到前门，从前门正儿八经地走进会客室，此时康斯坦丝站在一片阴暗中，屋里不再有阳光。康斯坦丝走到壁炉架前，把德累斯顿小雕像物归原处，放在我们母亲的画像下面，在那么一瞬间里，这个阴暗的大房间又浑然一体地回来了，本应如此，但接着它的模样就永远地崩塌了。

我们不得不蹑手蹑脚地走路，因为地上满是破碎的物品。我们父亲的保险箱就躺在会客室的门内，我大笑起来，连康斯坦丝都笑了，因为它没有被打开，显然他们没能把它扛得更远。"愚蠢可笑。"康斯坦丝用脚趾碰碰保险箱说。

人们欣赏会客室时，我们的母亲总是很高兴，但现在没人会来到窗边朝里看了，也没人会再看到这个房间。我和康斯坦丝关上我们身后会客室的门，之后就再也没有开启过它。康斯坦丝等在前门内，我则又走上门廊，关闭所有餐厅高窗的护窗板，然后我走到里面，我们关闭并紧锁上前门，我们安全了。前厅很暗，只有两道狭长的阳光透过门两边狭窄的玻璃嵌板照进来；我们能透过玻璃朝外看，但没人能看进来，即使他们把眼睛凑很近，因为前厅里面很暗。我们顶上的楼梯也是黑漆漆的，通往一片黑暗或烧毁的房间，令人难以置信的是，我们居然能看到一点点天空。以前房顶总是让我们与天空隔开，隐匿起来，但我觉得我们无论如何都不能如此暴露在天空之下，也无法接受长翅膀的东西从上面的树丛里飞出来，栖息在我们房子烧焦的残垣断壁上，往下窥视。我想，明智的做法可能是放点东西把楼梯挡起来——也许可以放一把破椅子——把它横在楼梯口。也可以用一张被水浇透的脏床垫，把它丢在楼梯的中间，他们就是拖着管子站在这里把火压住并最终扑灭的。我站在楼梯脚下，抬头望着上面，好奇我们的房子去哪儿了，墙壁、地板、床和阁楼里的一箱箱东西都去哪儿了；我们父亲的怀表也被烧掉了，同样被烧掉的还有我们母亲的全套玳瑁梳妆用品。我能感觉到一阵微风吹在我的脸颊上，它来自我能看到的天空，但它却透着烟和废墟的气息。我们的房子是一座城堡，尖尖的，暴露在天空下。

"快回厨房，"康斯坦丝说，"我不能毫无遮挡地待在这儿。"

我们像捡贝壳的小孩，或是两个在落叶里找硬币的老太，拖着脚在厨房里慢吞吞地走，边走边翻地上的垃圾，寻找依然完整有用的东西。我们沿着厨房直走了一遍、横走了一遍，又沿对角线走了一遍后，在厨房桌上集起了一小堆实用的物品，足够我俩用了。两只带手柄的杯子，几只没有手柄的杯子，半打盘子，三个碗。我们救起了所有没有摔破的食品罐头，香料罐子都被整齐地放回到架子上。我们找到了大多数的银餐具，并竭尽所能把它们中的大多数都扳直了，放回到它们原来的抽屉里。由于每一个嫁进布拉克伍德家的新娘，都会把她自己的银餐具、瓷器和床上用品带到房子里，所以我们总是有成打的黄油刀、长柄汤勺和蛋糕铲；我们母亲最好的银器以前被装在一个防变色的盒子里，摆在餐厅的餐具柜中，但他们找到了盒子，把它和里面的东西乱丢在地上。

我们找到的完整杯子中有一个外面是绿色的，里面则是浅黄色，康斯坦丝说那个杯子可以归我。"我以前从未见任何人用过它，"她说，"我猜想那套瓷器是某个奶奶或曾姑婆带到房子里来的嫁妆。曾经还有配套的盘子。"康斯坦丝选的杯子是白色的，上面有橙色的花朵，有一个盘子与之相配。"我记得我们用这些餐具的时候，"康斯坦丝说，"在我很小的时候，它们是我们日常用的瓷餐具。当时我们用的最好的瓷餐具是白色带金边的一套。然后我们的母亲买了更好的新餐具，于是白色金边的瓷餐具就被当成日常餐具来用了，这些带花朵图案的餐具，跟其他缺口的餐具套一起，被放在食品储藏室的架子上。最近的几年里，我一直用我们母亲的日常瓷餐具，除了海伦·克拉克来喝茶的时候。海伦来时，我们会像淑女一般得体地上餐，"她说，"用带手柄的杯子。"

当我们把所有想要的、能用的东西都取出来后，康斯坦丝拿了一把扫帚把所有的碎片都扫进餐厅里。"现在我们不必看到它们了。"她说。她把走廊扫干净，这样我们就能不经过餐厅直接去到前门，然后我们把通往餐厅的所有的门都关上，从此再也没有打

155

开过它们。我想到漆黑的会客厅里那个德累斯顿小雕像，娇小却勇敢地站在我们母亲的画像之下，我想到我们再也不会替它掸灰。在康斯坦丝把曾经是会客室窗帘的破布扫走之前，我叫她从过去用来控制窗帘开合的绳子上剪一段给我，她给我剪了一段尾部带流苏的绳子；我想知道它是不是一样适合埋给朱利安叔叔的东西。

我们完工、康斯坦丝擦拭厨房地板后，我们的房子看上去窗明几净、焕然一新；从前门到厨房的一切都被清扫得一干二净。有太多东西从厨房里消失了，显得它空荡荡的，但康斯坦丝把我们的杯子、盘子和碗放在一个架子上，并找了一个盆子给乔纳斯喝牛奶，我们相当安全了。前门锁住了，厨房门锁住并闩上了，我们坐在厨房桌子边，用我们的两个杯子喝牛奶，乔纳斯从它的盆里喝牛奶，就在这时，前门响起了敲门声。康斯坦丝跑向地窖，我停下来，只是为了确认厨房门闩上了，然后跟着她。我们在黑暗中坐在地窖的台阶上，听着外面的动静。远处，前门那里，敲门声不停地响，然后一个声音喊道："康斯坦丝？玛丽·凯瑟琳？"

"是海伦·克拉克。"康斯坦丝轻轻地说。

"你觉得她是来喝茶的吗？"

"不是。她永远也不会在这里喝茶了。"

就像我俩都料到的那样，她绕着房子，边走边喊我们。当她敲厨房门的时候，我们屏住呼吸，我俩谁都没动，因为厨房门的上半部分是玻璃，我们知道她能看进来，但我们在地窖的台阶上很安全，她没办法打开门。

"康斯坦丝？玛丽·凯瑟琳？你们在那**里面**吗？"她摇动门把

手，就像人们想要打开一扇门时会做的那样，人们希望能出其不意趁门锁还没锁好时溜进来。"吉姆，"她说，"我**知道**她们在那里面。我能看到灶台上在烧着什么东西。你必须把这门打开。"她边说边提高了音量。"康斯坦丝，出来跟我聊聊；我想要见你。吉姆，"她说，"她们在那里面，她们能听见我讲话，我知道的。"

"我肯定她们能听见你，"吉姆·克拉克说，"你在村里时，她们大概就听见你了。"

"但我肯定她们误会了昨晚的人们；我肯定康斯坦丝很难过，我**必须**告诉她们，没人想伤害她们。康斯坦丝，听我讲，求求你了。我们希望你和玛丽·凯瑟琳能来我们家住，直到我们决定该怎么安排你们。一切都好，真的；我们将忘掉所有这一切。"

"你认为她会把房子推倒吗？"我轻轻地对康斯坦丝说，康斯坦丝沉默地摇摇头。

"吉姆，你认为我们能把这扇门砸掉吗？"

"肯定不能。让她们自己待着，海伦，她们准备好时会出来的。"

"但康斯坦丝对这些事情太**较真**了。我肯定她现在很害怕。"

"让她们自己待着。"

"不能让她们自己待着，那对她们而言，绝对是可能发生的最糟糕的事情。我想要她们从那里面出来，跟我回我们家，让我来照顾她们。"

"她们似乎不想出来。"吉姆·克拉克说。

"康斯坦丝？康斯坦丝？我知道你在那里面；来把门打开。"

我想我们最好还是在厨房门的玻璃上盖一块布或一块纸板；

海伦·克拉克这样不停地朝里窥视，看到灶台上在烧东西，是不行的。我们可以把厨房窗子上的窗帘都用别针别在一起，或许把窗户都遮住，我们就可以在海伦·克拉克过来在外面猛敲门时，安静地坐在桌子边，而无须躲在地窖的台阶上了。

"我们走吧，"吉姆·克拉克说，"她们是不会回答你的。"

"但我想要带她们跟我一起回家。"

"我们尽力了。我们下次再来，在她们觉得比较想见你的时候。"

"康斯坦丝？康斯坦丝，**请你回答我**。"

康斯坦丝叹了一口气，手指烦躁却几乎无声地拍打着台阶的扶手。"我希望她快点走，"她对我耳语，"我的汤快要烧开溢出来了。"

海伦·克拉克喊了一遍又一遍，绕着房子往回朝他们的汽车走去，边走边喊："康斯坦丝？康斯坦丝？"仿佛我们会在树林里的某个地方、在一棵树上，在莴苣叶子的下面，或是等着从一株灌木后面跳到她的面前。当我们听到远处他们的汽车发动时，我们从地窖里出来，康斯坦丝关掉烧汤的火，我沿着走廊走到前门，去确认他们走了，并检查门是否安全地锁着。我看见他们的汽车转出车道，我想我依然能听到海伦·克拉克在喊："康斯坦丝？康斯坦丝？"

"她肯定是想来喝茶。"我回到厨房，对康斯坦丝说。

"我们只有两只带手柄的杯子，"康斯坦丝说，"她再也不会在这里喝茶了。"

"朱利安叔叔走了也是好事，否则我们中的一个将不得不用一只破杯子。你会整理朱利安叔叔的房间吗？"

"玛丽凯特，"康斯坦丝从灶台边转身看着我，"我们该怎么办呢？"

"我们整理了房子。我们吃了东西。我们已经藏起来让海伦·克拉克找不到我们了。我们还要做什么呢？"

"我们在哪里睡觉呢？我们怎么知道时间呢？我们穿什么衣服呢？"

"我们为什么要知道时间？"

"我们的食品不会一直吃不完，就算是果酱罐头，也总有吃完的一天。"

"我们可以睡在小溪边我的藏身之处。"

"不要。那里躲躲还不错，但你一定得有一张真正的床。"

"我看见楼梯上有一个床垫。可能是来自我自己的旧床。我们可以把它拉下来，清洗干净，放在太阳下晒干。床垫的一角被烧坏了。"

"好的。"康斯坦丝说。我们一起走到楼梯上，笨手笨脚地抓住床垫；它湿嗒嗒、脏兮兮的。我们一起拽着它，沿着走廊拖动它，一路拖过康斯坦丝干净的厨房地面，把它弄到了厨房门口，跟它一起拖进来的还有一些小的木头和玻璃碎片。打开厨房门之前，我小心地打量外面，就连门打开后，我也先出去环顾四周，但一切安全。我们把床垫拖到外面的草坪上，放在太阳下，我们母亲的大理石长凳附近。

159

"朱利安叔叔过去常常就坐在这里。"我说。

"今天天气很适合朱利安叔叔坐着晒太阳。"

"我希望他死的时候感觉暖和。或许他一度想起了太阳。"

"我当时拿着他的披巾；我希望他没有想要他的披巾。玛丽凯特，我将在这里种点东西，种在他过去常常坐的地方。"

"我要为他埋点东西。你要种什么？"

"一株花，"康斯坦丝俯身轻轻地触摸草地，"某种黄色的花。"

"种在草坪的正中央会看起来很奇怪。"

"我们知道它为什么在那儿，没有其他人会看到它。"

"那么我会埋一点黄色的东西，让朱利安叔叔暖和一点。"

"不过，首先，我的懒惰的玛丽凯特，你去拿一锅水来，把那个床垫擦拭干净。我会再清洗一遍厨房的地板。"

我们将非常快乐，我想。有很多事情要做，有一整套过日子的新规则要安排，但我想我们将非常快乐。康斯坦丝气色苍白，他们对她厨房的所作所为，依然让她很伤心，但她已经擦拭了每一个架子，反复清洗了桌子、窗户和地板。我们的餐具勇敢地站在它们的架子上，我们救下的罐头和没有破的盒装食品，在食品储藏室里摆了很长的一排。

"我可以训练乔纳斯抓兔子回来，炖着吃。"我跟她说，她大笑，乔纳斯则温柔地扭头看看她。

"那猫已经如此习惯于吃奶油、朗姆蛋糕和黄油鸡蛋，我怀疑它连一只蚱蜢都抓不到。"她说。

"我不认为我会喜欢吃炖蚱蜢。"

"无论如何，现在我要来做一只洋葱派。"

在康斯坦丝清洗厨房的时候，我找到了一个厚重的纸板箱，仔细地把它拆开，于是就有了几大片用来遮住厨房门上的玻璃窗的纸板。榔头和钉子在工具棚里，查尔斯在试图修理坏掉的台阶后就把它们放在那儿了，我把纸板横钉在厨房门上，直到玻璃的部分完全被覆盖住，没人能看进来。我在两扇厨房的窗户上也钉了纸板，厨房变得昏暗，但也安全了。"厨房窗户变脏后，会更安全一点。"我告诉康斯坦丝，但她很吃惊她说："我不会住在一栋窗户脏脏的房子里。"

我们完工后，厨房非常干净，但没有干净得发亮，因为里面很暗，我知道康斯坦丝不开心。她喜欢阳光明媚，喜欢在一个干净明亮的厨房里做菜。"我们可以敞着门，如果我们始终小心防备的话。"我说。"假如有车停在房子前面，我们会听到。我有能力的话，"我说，"我会努力想一个办法，沿房子四面建起屏障，那样就没人能来到这里，走到房子的背面了。"

"我肯定海伦·克拉克会企图再来的。"

"不管怎么说，她现在是不能看进来了。"

下午天色渐暗；即使敞着门，阳光也只能照到地板上的一点点，乔纳斯走向灶台边的康斯坦丝，问她要晚饭吃。厨房温暖、舒适、熟悉、干净。这儿要是有一个壁炉就好了，我想；我们可以坐在一团火旁边，然后我想不行，我们已经着过一场火了。

"我去确认一下前门锁好了。"我说。

前门锁好了，没人在外面。我回到厨房里时，康斯坦丝说：

"明天我会打扫朱利安叔叔的房间。我们只有剩下的这么一点点房子，所有的地方都应该非常干净。"

"你会睡在那里吗？睡在朱利安叔叔的床上？"

"不会，玛丽凯特。我想要你睡在那里面。那是我们唯一的一张床。"

"我不被允许进入朱利安叔叔的房间。"

她沉默了片刻，好奇地注视着我，然后问道："即使朱利安叔叔已经不在了，也不行吗，玛丽凯特？"

"此外，我找到了床垫，把它弄干净了，它来自我的床。我想要把它放在我的角落的地上。"

"小傻瓜，玛丽凯特。不管怎么说，我担心今晚我俩都得睡地板。床垫明天之前是不会干的，朱利安叔叔的床也没弄干净。"

"我能从我的藏身之处拿树枝和叶子回来。"

"放在我干净的厨房地上？"

"但我会拿一块毯子，还有朱利安叔叔的披巾。"

"你要出去？现在？跑那么远？"

"没人在外面，"我说，"天几乎黑了，我能安全地去。假如有人来，关上门，把它锁住；假如我看见门关着，我会在小溪边等，一直到我能安全地回家。而且我会带上乔纳斯防身。"

我一路跑到小溪边，但乔纳斯速度更快，当我到达我的藏身之处时，它已经在等我了。跑跑很好，回来看到厨房门敞开着、里面透出温暖的亮光，也很好。我和乔纳斯进来后，我关上门，把它闩好，我们为夜晚做好了准备。

162

"晚饭很不错。"康斯坦丝说，做饭让她感觉暖和且开心。"快来坐下，玛丽凯特。"门关着，她就不得不打开天花板上的灯，我们的餐具摆得整整齐齐。"明天我会试着擦亮银餐具，"她说，"而且我们必须从园子里摘点东西。"

"生菜上满是灰烬。"

"明天，"康斯坦丝看着覆盖着窗户的深色方块纸板说，"我还要设法想想，有什么东西能像窗帘一样把你的纸板掩盖住。"

"明天我会在房子的侧面设置障碍物。明天乔纳斯会给我们抓一只兔子。明天我会替你猜测时间。"

远处，房子的前面，一辆汽车停下来，我们陷入沉默，面面相觑；现在，我想，现在我们能知道我们是有多安全了，我站起来，确认厨房门闩上了；我无法透过纸板看到外面，我确定他们也无法看进来。前门响起了敲门声，但没时间去确认前门是否锁好了。他们只敲了一会儿，仿佛是确定我们不会在房子的前部，然后我们听到他们在黑暗中踉跄而行，试图沿着房子侧面绕到后面。我听到吉姆的声音，另一个声音，我没记错的话，则是莱维医生。

"什么都看不见，"吉姆·克拉克说，"这里黑得要命。"

"有一扇窗户透出了一丝亮光。"

哪一扇，我好奇；哪一扇窗户依然有一道缝隙？

"她们在那里面，一切都好，"吉姆·克拉克说，"她们不可能在其他任何地方。"

"我只是想知道她们有没有受伤，或生病；我讨厌想到她们可能关在里面需要帮助。"

"我本该把她们带回我们家的。"吉姆·克拉克说。

他们来到后门，他们的声音就在外面，康斯坦丝在桌子对面朝我伸出手；如果看上去他们可能看进来，我们可以一起跑去地窖。"该死的地方都用板钉起来了。"吉姆·克拉克说，我想，好，噢，那很好。我忘了工具棚里有真正的木板；我从未想到纸板之外的东西，但纸板太脆弱了。

"布拉克伍德小姐？"医生喊道，他们中的一人敲着门。"布拉克伍德小姐？我是莱维医生。"

"还有吉姆·克拉克。海伦的丈夫。海伦非常担心你们。"

"你们受伤了吗？生病了吗？你们需要帮助吗？"

"海伦想要你们来我们家；她在那里等你们。"

"听着。"医生说，我想他是把脸凑得离玻璃很近，几乎快贴上去了。他讲话的声音非常友善平和。"听着，没人会伤害你们。我们是你们的朋友。我们大老远来这里，是为了帮助你们，确认你们一切都好，我们不想烦你们。事实上，我们保证决不烦你们，再也不会烦你们，只要你们说一句你们安然无恙。就说一句。"

"你们不能就这么让大家一直担心，一直为你们担心。"吉姆·克拉克说。

他们等着；我能感觉到他们把脸凑得离玻璃很近，渴望看到里面。康斯坦丝在桌子对面注视着我，微微一笑，我也对她笑笑；我们的安保措施很周全，他们无法看进来。

"听着。"医生说，他提高了一点音量，"听着，朱利安的葬礼

164

在明天。我们想，你们是希望知道的。"

"已经有了很多鲜花，"吉姆·克拉克说，"你们看到所有的花，真的会很高兴的。我们送了花，赖特一家和卡林顿一家也送了花。我认为如果你们能看到我们所有人敬献给朱利安的鲜花，你们会对你们的朋友们感觉有一点点不同。"

我好奇为什么在看到谁给朱利安叔叔送了花后，我们会感觉不同。在鲜花的簇拥下，埋在鲜花里的朱利安叔叔，肯定不会像我们以前每天看到的朱利安叔叔。也许大量的鲜花会让死去的朱利安叔叔感觉温暖；我试图想象死去的朱利安叔叔，却只能记起他熟睡的模样。我想象克拉克一家、卡林顿一家和赖特一家，一把把地往下撒花，撒在可怜的、老迈的朱利安叔叔身上，朱利安叔叔已经无可挽回地死了。

"把你们的朋友们都赶走，你们是不会得到任何好处的，你们知道的。海伦让我告诉你们——"

"听着。"我能感觉到他们在用力推门。"没人会来烦你们。就告诉我们，你们是否一切都好。"

"我们不会一直来的，你们知道的。朋友们的容忍也是有限度的。"

乔纳斯打了一个哈欠。一片寂静中，康斯坦丝慢慢地、小心地转回到她在桌边的位置，拿起一块抹了黄油的软烤饼，默默地咬了一小口。我想要大笑，于是用手捂住了嘴巴；康斯坦丝默默地吃一块软烤饼的场面很滑稽，就像一个玩具娃娃假装吃饭一样。

"该死的。"吉姆·克拉克说。他敲敲门。"该死的。"他说。

"最后一次，"医生说，"我们知道你们在那里面，最后一次，请你们就——"

"哦，走吧，"吉姆·克拉克说，"我白喊了这么久。"

"听着，"医生说，我想他是把嘴贴着门在喊，"总有一天你们会**需要**帮助的。你们会生病或受伤。你们会需要帮助的。届时你们就会很快——"

"让她们去吧，"吉姆·克拉克说，"走吧。"

我听见他们的脚步声从房子的侧面传来，想知道他们是否在欺骗我们，假装走开，然后悄悄地走回来，无声地在外面等着。我想到康斯坦丝无声地在里面吃软烤饼，吉姆·克拉克无声地在外面聆听，一阵寒意涌上我的背脊；也许这世上永远都不会再有噪声了。然后汽车在前门外发动，我们听到它驶离，康斯坦丝把叉子放在盘子上，发出哐的一声轻响，我又可以呼吸了，我说："你觉得他们是从哪里获得朱利安叔叔的遗体的？"

"从同一个地方，"康斯坦丝心不在焉地说，"在城里。玛丽凯特。"说着她突然抬起头。

"怎么啦，康斯坦丝？"

"我想说我很抱歉。我昨晚很坏。"

我的身体又冷又僵，我注视着她，记起来了。

"我很坏，"她说，"我永远也不应该提醒你为什么他们全都死了。"

"那么现在就别提醒我了。"我无法移动我的手，无法伸手去抓住她的手。

166

"我想要你忘记那事。我永远也不想再提它了，永不，对不起昨晚我提到了它。"

"我把它放进糖里。"

"我知道。当时我就知道。"

"你从来不放糖。"

"不放。"

"于是我把它放进糖里。"

康斯坦丝叹了一口气。"玛丽凯特，"她说，"我们永远也别再提它了。永不。"

我感到一阵寒意，但她和善地冲我微笑，一切都好。

"我爱你，康斯坦丝。"我说。

"我也爱你，我的玛丽凯特。"

乔纳斯坐在地上，睡在地上，我想这对我而言应该也不会很难。康斯坦丝则应该需要在她的毯子下垫上树叶和柔软的苔藓，但我们不能再把厨房地板弄脏。我在角落里我的凳子附近铺上我的毯子，因为这是我最熟悉的地方，乔纳斯站起来，跳到凳子上，蹲在那里，朝下看着我。康斯坦丝躺在灶台附近的地上；周遭很黑，但我能看见厨房对面她苍白的脸庞。"你感觉舒服吗?"我问她。她笑笑。

"我在这个厨房里度过了许多时光，"她说，"但以前从未躺在地上。我一直如此悉心地打理地面，它必须欢迎我，我想。"

"明天我们摘生菜拿进来。"

十

我们的日子慢慢地变得规律起来，形成了一种快乐的生活。早晨醒来后，我会沿着走廊走到前门，确认前门紧锁着。一大清早是我们最活跃的时候，因为周围没有人。最初我们没有意识到，随着各道门被打开，暴露在外的小径变成了公用路，孩子们会来这里；一天早晨，我站在前门边，从狭窄的玻璃嵌板望出去，看到孩子们在我们前面的草坪上玩耍。可能是他们的父母把他们带来这里探路，确认这里可以走，也可能是孩子们从来就是去到哪里，玩到哪里；他们在我们房子前面玩时，似乎有一点点不安，他们压低了声音。我想他们可能只是在假装玩耍，因为他们是孩子，理应玩耍；但可能他们实际上是来这里寻找我们的，勉强假装成孩子玩耍。他们不是真的很让人信服，我一边观察他们，一边判定；我能看出来他们的行动一点也不优雅，而且一次都没朝我们的房子瞥过一眼。我好奇多久后他们就会偷偷摸摸地走上门廊，把他们的笑脸贴在护窗板上，试图从缝隙中看进来。康斯坦丝走到我的身后，越过我的肩膀，望出去。"他们是陌生人的孩子，"我告诉她，"他们没有脸孔。"

"他们有眼睛。"

"假装他们是鸟。他们不能看见我们。他们还不知道这点，他们不愿相信这点，但他们永远也无法再看到我们。"

"我猜想，现在他们来过一次后，就会再来。"

"所有的陌生人都会来，但他们看不到里面。那么现在能请你给我吃早饭了吗？"

早晨的厨房总是很黑，直到我打开厨房门的门闩，把门敞开，让阳光照进来。然后，乔纳斯会去坐在台阶上晒太阳，康斯坦丝会边唱歌边给我们做早饭。吃完早饭，我会跟乔纳斯一起坐在台阶上，康斯坦丝则会清洗厨房。

给房子的侧面设置障碍物比我预计得容易；康斯坦丝拿一只手电筒替我照着，我一个晚上就设法完成了。我们房子的两边都有一处树和灌木长得贴近房子，它们为房子的背面提供了遮荫，也把唯一绕着房子的小径变窄了许多。我从哈勒先生在我们前门廊里集起的那堆垃圾中，拿了一件又一件的东西，把那些破木板和家具堆在最窄的那个点上。当然，这并不能真正地把什么人挡在外面；孩子们可以轻易地爬过它们，但假如任何人试图越过那儿，就会传来足够大的噪声，会有破木板掉下来，让我们有充分的时间关上并闩起厨房的门。我在工具棚周围找到了一些木板，我把它们随便地横钉在厨房门的玻璃上，但我不喜欢把它们放在房子的侧面作为障碍物，放在那里可能被人看见，让人知道我是多么笨手笨脚。或许我可以尝试修理坏掉的那级台阶，我告诉自己说。

"现在你在笑什么？"康斯坦丝问我。

"我在想我们在月球上，但它跟我猜想的不是很一样。"

"但那是一个非常快乐的地方。"康斯坦丝把早饭摆上桌：炒鸡蛋，软烤饼，还有她在某个金色夏季里做的黑莓酱。"我们应该尽量多地采摘食物，"她说，"我讨厌想到园子正在那儿等着我们去采摘长出来的东西。而且如果我们在房子里安全地储藏更多的食物，我会感觉好许多。"

"我会骑上我带翅膀的马，给你带回来肉桂、百里香、绿宝石、丁香、金线织物和卷心菜。"

"还有大黄。"

我们去菜园时，可以让厨房的门敞开着，因为我们能清楚地看到是否有人接近我设置的障碍物，需要的话，我们可以随时跑回房子里。我拎着篮子，我们带回来依然覆盖着灰的生菜、小萝卜、番茄和黄瓜之后，又带回来莓子和甜瓜。通常我吃的水果和蔬菜都依然带着土地和空气的湿润，但我不喜欢吃任何依然带着我们烧焦房子的灰烬的东西。大多数的尘埃和烟灰都已经被吹走了，园子周围的空气清新洁净，但地里依然有烟灰，我认为它会一直在那儿。

我们一把东西安全地放好，康斯坦丝就立刻打开朱利安叔叔的房间，开始打扫。她把朱利安叔叔床上的被单和毯子都拿出来，放在厨房的水池里清洗，然后拿到外面的太阳下晾干。"你要如何处理朱利安叔叔的文件？"我问她，她把手搁在水池的边缘，犹豫起来。

"我想我会把它们都存在盒子里，"最后她说，"我想我会把盒子安放在地窖里。"

"存着它？"

"存着它。他喜欢想到他的文件被恭敬地对待。我不希望让朱利安叔叔怀疑他的文件没被好好保存。"

"我最好去看一下前门有没有锁好。"

孩子们经常在外面我们房子前的草坪上，玩他们"不动不看我们房子"的游戏，他们笨拙地短距离跑来跑去，毫无原因地互相拍打。每当我去检查，确认前门锁好时，我都会朝外看看孩子们是否在那儿。现在我很经常地看到人们走在我们的小径上，用它从一个地方走到另一个地方，把他们的脚放在曾经只有我一个人的脚走过的地方；我想他们虽然使用这条小径，但心里却是不想用它的，仿佛他们中的每个人都必须在它上面走一次，以示能做到这点，但我想只有几个目中无人、充满仇恨的人才来了不止一次。

漫长的下午，我做梦消磨时光，康斯坦丝清扫朱利安叔叔的房间；我坐在门槛上，乔纳斯在我旁边睡觉，我望着外面平静安全的园子。

"瞧，玛丽凯特，"康斯坦丝抱着一堆衣服走向我说，"瞧，朱利安叔叔有两套西装、一件外套和一顶帽子。"

"他曾经直立行走；他自己这么跟我们说的。"

"我只能依稀记得，多年前，他有一天出门去买一套西装，我猜想这其中的一套就是他那天买的；这两套西装都被穿得不多。"

"跟他们在一起的最后一天，他穿了什么？吃晚饭时，他戴了哪条领带？他肯定喜欢别人记得这些。"

她盯着我看了一会儿，没有微笑。"他那天穿的不在这些衣服

171

里；后来当我去医院接他时，他穿的是睡衣和一件袍子。"

"或许他现在应该穿着其中的一套西装。"

"他大概是穿着吉姆·克拉克的一套旧西装下葬的。"康斯坦丝开始朝地窖走去，接着却停住了。"玛丽凯特？"

"是，康斯坦丝？"

"你意识到这些朱利安叔叔的东西是我们房子里仅剩的衣服吗？我所有的衣服都烧掉了，你的也是。"

"还有阁楼里他们所有的东西。"

"我只剩下现在身上穿的这条粉色裙子。"

我低头看看。"我穿的是棕色。"

"而且你的衣服需要清洗和缝补；你怎么会把衣服扯成这个样子，我的玛丽凯特？"

"我会用树叶编一套衣服。立刻就编。用橡子做纽扣。"

"玛丽凯特，认真点。我们将不得不穿朱利安叔叔的衣服。"

"我不被允许碰朱利安叔叔的东西。在寒冷的冬天，我将裹上苔藓做的内衬，戴上鸟儿羽毛做的帽子。"

"那可能非常适合月球，傻瓜小姐。在月球上，你或许可以像乔纳斯那样穿一身皮毛，我完全不介意。但此刻在这儿，我们的房子里，你将穿上你叔叔朱利安的一件旧衬衫，可能还得套上他的一条裤子。"

"或是朱利安叔叔的浴袍和睡衣，我猜想。不；我不被允许碰朱利安叔叔的东西；我会穿树叶。"

"但你现在被允许了。我告诉你，你被允许了。"

172

"不要。"

她叹了一口气。"好吧，"她说，"你大概会看见我穿它们的。"然后她停下来，大笑，看看我又大笑。

"康斯坦丝？"我说。

她把朱利安叔叔的衣服搭在一把椅子的椅背上，然后依然大笑着走进食品储藏室，拉开一个抽屉。我记起她要拿什么，也大笑起来。然后她回来，把抱着的一堆桌布放在我旁边。

"这些会很衬你的，优雅的玛丽凯特。瞧；一条边上满是黄花，你披上这个会感觉如何？或是这块漂亮的红白格子桌布？锦缎，我担心会有点太硬不舒服，而且它还被织补过。"

我站起来，拿起那块红白格子桌布，在身上比了一下。"你可以剪一个洞供我套头。"我说；我很高兴。

"我没有缝纫的东西。你将不得不用一根细绳把它在腰上绑一圈，或者就让它像古罗马宽外袍一样挂在身上。"

"我会用锦缎桌布做一个斗篷；其他人谁会穿锦缎斗篷呢？"

"玛丽凯特，噢，玛丽凯特。"康斯坦丝扔下她手里拿着的桌布，环抱住我。"我对我的宝贝玛丽凯特做了什么？"她说，"没有房子。没有食物。拿一块桌布当衣服穿；我做了什么？"

"康斯坦丝，"我说，"我爱你，康斯坦丝。"

"像一只布娃娃似的，穿着一块桌布。"

"康斯坦丝。我们会非常快乐的，康斯坦丝。"

"噢，玛丽凯特。"她抱着我说。

"听我说，康斯坦丝。我们会非常快乐的。"

173

我立刻开始穿衣服，不想给康斯坦丝更多时间思考。我选了红白格子的桌布，康斯坦丝在套头的位置替我剪了一个洞，我用康斯坦丝从会客室窗帘上剪下的带流苏的金色绳子当腰带，在腰间绑了一圈，我想，这看起来非常不错。起初康斯坦丝很难过，当她看到我时，她难过地转身走开，拼命地在水池里洗刷我的棕色裙子，想把它刷干净，但我喜欢我的袍子，我穿着它跳舞，没过多久，她脸上又绽出微笑，接着她冲我哈哈大笑。

"鲁滨孙·克鲁索穿的是动物皮毛，"我跟她说，"他没有艳丽的、带金色腰带的衣服。"

"我必须说，你以前从来没有看上去如此鲜艳。"

"你将穿朱利安叔叔的衣服；我更喜欢我的桌布。"

"我想，你现在穿的这块桌布，是很多年前夏天在草地上吃早饭用的。当然了，红白格子永远也不会被用在餐厅里。"

"一些日子，我是草地上的夏日早餐，另一些日子，我是烛光下的正式晚餐，还有一些日子，我是——"

"一个非常脏兮兮的玛丽凯特。你有了一件精美的袍子，但你的脸很脏。我们几乎失去了一切，年轻的小姐，但至少我们依然有干净的水和梳子。"

关于朱利安叔叔的房间，很幸运的一件事是：我说服康斯坦丝把他的轮椅拿出来，推到花园里来巩固我的屏障。看到康斯坦丝推着空荡荡的轮椅，感觉很奇怪，有一瞬间，我试图再度看见朱利安叔叔双手放在腿上坐在轮椅上，但唯一剩下的朱利安叔叔的存在，只是轮椅上的几处磨损和塞在坐垫下的一块手帕。不过，轮椅会在我的屏障中发挥强大的作用，它将带着死去的朱利安叔叔无声无息的威胁，一直凝视着入侵者。想到朱利安叔叔可能就这么彻底消失了，他的文件在盒子里，他的轮椅在屏障中，他的牙刷被扔掉了，就连他的气息也从他的房间里散去了，我感到不安，但当泥土松软时，康斯坦丝在草坪上朱利安叔叔过去坐的地方种了一丛玫瑰，一天晚上我去小溪边，把朱利安叔叔带名字缩写的金笔埋在水边，于是小溪会一直诉说他的名字。乔纳斯开始习惯于进入朱利安叔叔的房间，以前它从未进去过，但我还是没有走到里面。

海伦·克拉克又来到我们门口两次，她边敲门边喊边求我们回答，但我们静静地坐着，当她发现她由于我的屏障而无法绕着房子走时，她在前门告诉我们说，她永远也不会再来了，然后她就没再来。一天傍晚，可能就是康斯坦丝为朱利安叔叔种下玫瑰花丛的那天，我们坐在桌边吃晚饭时，听到前门响起一个很轻的敲门声。敲门声太轻了，不可能是海伦·克拉克，于是我离开桌子，快步穿过门厅，去确认前门锁着，康斯坦丝也好奇地跟着我。我们静静地贴在门上聆听。

"布拉克伍德小姐？"一个人在外面轻轻地说；我好奇他是否怀疑我们离他很近。"康斯坦丝小姐？玛丽·凯瑟琳小姐？"

外面还没有很黑，但在里面我们站的地方，我们只能互相模糊地看到对方，两张贴在门上的白脸。"康斯坦丝小姐？"他又说，"听着。"

175

我想他正在把脑袋从一边移到另一边，以确保他不被看见。"听着，"他说，"我带了一只鸡来。"

他轻轻地拍拍门。"我希望你能听到我，"他说，"我带了一只鸡来。我的老婆把它杀好弄好，烤得很香，我还带了一些饼干和一个派。我希望你能听到我。"

我能看到康斯坦丝的眼睛惊讶地瞪得很大。我盯着她看，她也盯着我看。

"我确实希望你能听到我，布拉克伍德小姐。我摔坏了你的椅子，我很抱歉。"他一遍遍地轻拍着门。"好吧，"他说，"我就把这个篮子放在这儿，你们的台阶上。我希望你听到我了。再见。"

我们听着轻轻的脚步声走远，片刻之后，康斯坦丝说："我们该怎么做？我们要开门吗？"

"过一会儿，"我说，"当天真的很黑时，我会去开门。"

"我想知道是哪一种派。你觉得它会跟我的派一样好吗？"

我们吃完晚饭，一直等到我确定没人可能看到前门打开时，我们穿过门厅，我打开门往外看。篮子摆在台阶上，上面盖着一块餐巾。我把它拿到里面，我锁门时，康斯坦丝从我这儿接过篮子，把它拎到厨房里。"蓝莓，"我进来时，她说，"也是相当好；它还是热的。"

她轻手轻脚，爱惜地取出包裹在一张餐巾里的鸡和一小包饼干。"每样东西都还是热的，"她说，"她肯定是一吃好晚饭就烤了它们，好让他立刻带过来。我好奇她是不是做了两个派，一个留在自己家里吃。她趁所有东西还是热的时候，把它们包起来，叫

176

他带过来。这些饼干有点不够脆。"

"我会把篮子放回去，留在门廊里，这样他就知道我们找到它了。"

"不，不要，"康斯坦丝拉住我的胳膊说，"等我把餐巾洗干净了再放出去；否则她会怎么看我呀？"

有时，他们带来自家腌的培根、水果或他们自己做的果酱，但他们自制的果酱永远不如康斯坦丝做得好。大多数时候，他们带来烤鸡；有时是一只蛋糕或派，经常是饼干，有时是一份土豆色拉或卷心菜色拉。有一次，他们带来一锅炖牛肉，康斯坦丝把它里面的东西捞出来，然后又按她自己的规矩重新烧了一遍，有时我们门口会出现一锅烤豆子或通心粉。

"我们像是他们经历过的最大一场教堂晚餐。"有一次，康斯坦丝看着我刚拿进来的一条家庭自制面包说。

这些东西总是被留在前门的台阶上，总是悄无声息地在晚上出现。我们想，大概是男人下班回到家，女人们把已经准备好的篮子叫他们带过来；可能他们晚上来是为了不被认出来，仿佛他们中的每一个都想要回避其他人，仿佛带食物给我们总是一件不适合公开做的羞耻之事。很多女人烧过东西给我们吃，康斯坦丝说。"这一个，"一次她尝了一口豆子，向我解释道，"用的是番茄酱，而且用多了；上次的那个用了更多的糖浆。"有几次篮子里纸条上面写着"为了那些被摔碎的餐具""我们对扯坏窗帘感到抱歉"或者"对不起打翻你的竖琴"。

177

我们总是把篮子放回到我们发现它们的地方，我们总是等到天完全黑了，肯定附近没有任何人时，才会打开前门。之后，我总是仔细地检查，确认前门锁好了。

　　我发现我不再被允许去小溪边；朱利安叔叔在那儿，而且它离康斯坦丝实在是太远了。我不再去超越树林边缘的地方，康斯坦丝则最远只会去到菜园。我不再被允许埋东西，也不被允许碰石头。每天我检查厨房窗户上面的木板，当我发现小裂缝时，我就会钉上更多的木板。每天早晨我立刻检查确认前门锁着，每天早晨康斯坦丝清洗厨房。我们花很多时间待在前门边，尤其是下午当大多数人经过的时候，我们坐在前门的两边，透过狭窄的玻璃嵌板朝外看，玻璃嵌板几乎都被我用纸板覆盖住了，所以我们每个人都只有一个很小的窥视孔，没人可能看到里面。我们看着孩子们玩耍，人们经过，我们听到他们的声音，他们全都是瞪大眼睛、张着邪恶嘴巴的陌生人。一天一群人骑车经过，两个女人和一个男人，还有两个小孩。他们把自行车停在我们的车道上，躺在我们前面的草坪上，一边休息一边拉着青草聊天。小孩在我们的车道上跑来跑去，还跑到车道外的树和灌木丛附近。就在这天，我们得知葡萄藤长到了我们房子烧焦的房顶上，因为一个女人瞄了一眼房子侧面说，葡萄藤几乎掩盖了大火的痕迹。她们极少完全转过身与我们的房子正面相对，而只是用眼角的余光、越过肩膀、透过指缝看它。"这过去是一栋很漂亮的老房子，我听说。"坐在我们草地上的女人说，"我听说它曾经是当地颇具特色的地标。"

"现在它看上去像一座坟墓。"另一个女人说。

"嘘。"第一个女人说，脑袋朝房子的方向点了点。"我听说，"她大声说道，"她们有一个非常精美的楼梯。在意大利雕刻的，我听说。"

"她们听不到你的，"另一个女人开心地说，"而且就算她们听到，又有谁会在乎呢？"

"嘘。"

"没人能确定那里面到底有没有人。当地人讲了一些很夸张的故事。"

"嘘。汤米，"她对一个小孩喊道，"你千万不要走近那些台阶。"

"为什么？"孩子退后几步说。

"因为小姐们住在那里，她们不喜欢你走近。"

"为什么？"小孩说，他在台阶底下停住脚步，扭头快速瞥了一眼我们的前门。

"小姐们不喜欢小男孩。"第二个女人说；她是坏人中的一个；我能从侧面看到她的嘴巴，那是一条蛇的嘴巴。

"她们会拿我怎么样？"

"她们会把你按住，逼你吃有毒的糖果；我听说，很多不听话的小男孩走得离那个房子太近，从此再也没人看到他们。她们抓小男孩而且她们——"

"嘘。说实话。埃塞尔。"

"她们喜欢小女孩吗？"另一个小孩朝房子走近了一点。

179

"她们既恨小男孩，**也**恨小女孩。区别是她们**吃**小女孩。"

"埃塞尔，住嘴。你把小孩们吓坏了。那不是真的，宝贝，她只是在逗你玩。"

"除了夜里，她们从不出来。"坏女人邪恶地看着小孩说，"然后天黑了，她们就去抓小孩。"

"就是这样，"那个男人突然说，"我也不想看到孩子们走得离那房子太近。"

查尔斯·布拉克伍德只回来过一次。某天接近傍晚时，他跟另一个男人一起开车过来，当时我们已经观察了很久。所有的陌生人都走了，康斯坦丝刚动了一下说："到时间烧土豆了。"就在这时，汽车转上车道，她又坐下来观察。查尔斯和另一个男人在房子前面下车，直接朝台阶底下走来，虽然他们并不能看见房子里的我们。我记得查尔斯第一次来的时候，就是这样抬头看我们的房子，但这一次他永远也进不来。我伸手去摸前门的门锁，确保它锁牢了，在门口另一边的康斯坦丝转过来对我点点头，她也知道查尔斯永远不可能再进来。

"瞧，"查尔斯在外面站在台阶底下说，"房子在这儿，就跟我说的一样。它看上去没之前那么糟，现在葡萄藤长高许多。但房顶已经被烧掉了，这地方里面也都被烧毁了。"

"小姐们在那里面吗？"

"当然。"查尔斯大笑起来，我记得他的笑声和他那张审视的大白脸，我在门里面希望他死掉。"她们都在那里面没事，"他说，

"那该死的一大笔财富也没事。"

"你知道这个？"

"她们在那里面藏着从来都没清点过的钱。她们让它全部被烧掉了，但有一只保险箱里装满了钱，天知道她们把它藏到哪里去。她们从来都不出来，就这么跟所有那些钱一起藏在里面。"

"瞧，"另一个男人说，"她们认识你，不是吗？"

"当然。我是她们的堂哥。我来这里拜访过一次。"

"你觉得你有机会让她们中的一个跟你说话吗？或许叫她来窗户边什么的，这样我就能拍一张照片。"

查尔斯想了一会儿。他看看房子，又看看另一个男人，思量起来。"如果你把这个照片卖给杂志什么的，我能分到一半钱吗？"

"当然，一言为定。"

"我会试试看，"查尔斯说，"你去躲到车子后面，不要让人看到。如果她们看到陌生人，是肯定不会出来的。"另一个男人回到车里，拿出一架相机，然后躲到车子的另一边，这样我们就看不见他了。"好了。"他喊道，查尔斯便开始走上台阶，走向我们的前门。

"康妮？"他喊，"嘿，康妮？是查尔斯；我回来了。"

我看看康斯坦丝，心想，她以前从未如此真实地看清过查尔斯。

"康妮？"

现在她明白查尔斯是一个鬼魂，一个恶魔，陌生人中的一个。

"让我们忘掉所发生的一切。"查尔斯说。他走近前门，说话和颜悦色，语气中还带着一点祈求。"让我们重新做朋友吧。"

我能看见他的脚。一只脚不停地轻拍着我们门廊的地面。"我不知道你看我哪里不顺眼了。"他说，"我一直在等，等你让我知道我可以再回来。假如我做了什么得罪你的事情，我真的很抱歉。"

我希望查尔斯能看到房子里面，能看到当他在我们头上三英尺的地方苦苦哀求时，我们坐在前门两边的地板上，一边听他说话，一边注视着他的脚。

"开开门，"他语气十分柔和地说，"康妮，你能给我开门吗，给你的堂哥查尔斯开开门？"

康斯坦丝抬头看看他脸所在的位置，厌恶地微笑了一下。我想，这一定是她为查尔斯再度回来准备了很久的一个微笑。

"我今天早上去看了老朱利安的坟墓，"查尔斯说，"我回来拜访老朱利安的坟墓，也想再跟你见一面。"他等了一会儿，然后突然声音有点变地说："我放了几朵花——你知道的——在老家伙的坟墓上，他是一个很好的老头，他一直对我相当不错。"

查尔斯的脚后面，我看到另一个男人正带着相机从车子后走出来。"瞧，"他喊道，"你正在浪费你的时间。我没有一整天可以耗。"

"难道你不明白吗？"查尔斯已经转身背对前门了，但他的声音还是有点不自然，"我**必须**再见她一次。我是造成这一切的原因。"

"什么？"

"你以为两个老姑娘把她们自己关在一栋像这样的房子里，是为什么？天知道，"查尔斯说，"我不想事情变成这样的。"

我以为这时康斯坦丝会说话，至少会大笑，于是我把手伸过去，碰碰她的胳膊，提醒她保持安静，但她没有扭头看我。

"假如我能只是跟她**说说话**，"查尔斯说，"不管怎么说，你可以拍些我站在这所房子前的照片。或者拍我敲门，我可以疯狂地敲门。"

"我觉得你可以伸展身体，横躺在门槛上，心碎而死。"另一个男人说。他走到汽车边，把相机放回车里。"浪费时间。"

"还有所有那些钱。康妮，"查尔斯大声地喊叫，"看在老天的分上，求你把门打开行吗？"

"你知道的，"另一个男人在车里说，"我就打赌，你永远也不会再见到那些银元了。"

"康妮，"查尔斯说，"你不知道你正在对我干什么；我永远也不该这么被对待。行行好，康妮。"

"你想要走路回城里吗？"另一个男人说。他关上车门。

查尔斯转身走开，接着却又转回来，面对前门。"好吧，康妮，"他说，"就这样吧。如果这次你让我这样走的话，你永远也不会再见到我了。我说到做到，康妮。"

"我要走了。"另一个男人在车里说。

"我说到做到，康妮，我是来真的。"查尔斯开始走下台阶，边走边扭头说。"最后看一眼吧，"他说，"我要走了。你说一个字就能让我留下。"

我不认为他会及时离开。我真的不知道康斯坦丝是否能克制住她自己，直到他走下台阶，安全地进入车里。"再见，康妮。"他在台阶底下说，然后转身慢慢地朝汽车走去。他左顾右盼了一会儿，仿佛是在揉眼睛或擤鼻子，但另一个男人说："快点。"查尔斯又回头看了一眼，遗憾地抬起手，进入了汽车。然后康斯坦丝大笑起来，我也大笑起来，有一瞬我看见查尔斯在车里快速转过头，仿佛是听到我们在笑，但汽车发动，沿着车道开走了，我们在黑暗的门厅里互相拥抱，哈哈大笑，泪水从我们的脸颊上滚落下来，我们的笑声沿着被烧毁的楼梯在空中回响。

"我太开心了，"最后，康斯坦丝气喘吁吁地说，"玛丽凯特，我太开心了。"

"我跟你说了，你会很喜欢月球上的生活的。"

卡林顿一家在一个周日去完教堂后，把车子停在我们的房子前面，静静地坐在车里凝视我们的房子，仿佛是觉得假如有什么卡林顿一家能为我们做的事情，我们就会出来。有时我会想到会客室和餐厅，它们被永远地封闭起来了，我们母亲破碎的漂亮物件四散在地上，灰尘轻轻地撒下来，将它们覆盖住；我们在房子里有了新地标，就像我们生活的新规律一样。我们原本精美的楼梯，现在只剩下扭曲破裂的碎片，我们每天经过它，开始对它习以为常，就像我们曾经对原来的楼梯一样。厨房窗户上的木板是我们的，属于房子的一部分，我们爱它们。我们非常开心，尽管康斯坦丝总是担惊受怕，唯恐我们用的两个杯子中的一个会碎掉，那样的话，我们中的一人就不得不用一个没有手柄的杯子了。我们拥有我们了如指掌的东西：我们在桌子边的椅子，我们的床，还有我们在前门边的位置。康斯坦丝清洗红白两色的桌布和她所穿的朱利安叔叔的衬衫，当它们挂在花园里晾干时，我会穿那块有一条黄边的桌布，它跟我的金色腰带配在一起，看上去很帅气。我们母亲的棕色旧皮鞋被安全地收在我的厨房角落里，因为夏天我跟乔纳斯一样光着脚。康斯坦丝不喜欢摘许多花，但厨房的桌子上总是摆着一个装有玫瑰或雏菊的碗，当然，她从来不会从属于朱利安叔叔的玫瑰丛中摘任何一朵花。

我有时会想到我的六颗蓝色弹珠，但我现在不再被允许去长草甸，而且我想，我埋的六颗蓝色弹珠用来保护的那栋房子已经不存在了，可能它们就跟我们现在居住的房子没什么关系了，我们在现在的房子里很快乐。我新的魔法保护措施是前门上的锁，窗户上的木板，以及房子侧面的屏障。晚上，我们有时会在黑暗中看到草坪上有人走动，并听到他们小声地说话。

"不要；小姐们可能在监视。"

"你认为她们能在黑暗中看到我们？"

"我听说她们能看见所发生的一切。"

接着可能会传来笑声，它们在温暖的夜色中逐渐散去。

"他们很快就会把这叫成'情人小径'。"康斯坦丝说。

"用查尔斯的名字命名，毫无疑问。"

"查尔斯本可以做的最小的一件事，"康斯坦丝深思熟虑地说，"是在车道上一枪打穿他自己的脑袋。"

185

我们从聆听中了解到，陌生人在外面即使看的话，也只能看到一个烧毁的大结构，上面长满了葡萄藤，几乎认不出是一栋房子。它位于村子和高速路的中间，是这条路线上的中点，却没有任何人曾看到我们的眼睛从葡萄藤间往外看。

"你不能走上那些台阶。"孩子们互相警告，"如果你走上去，小姐们会来抓你。"

有一次，一个小男孩在其他人的挑动下，面对房子站在台阶底下，他哆嗦得几乎快哭了，差点逃跑，然后他声音颤抖地大声喊道："玛丽凯特，康斯坦丝说，你要喝茶吗？"接着他逃跑了，身后跟着其他所有的人。那天夜晚，我们在门槛上发现了一篮鲜鸡蛋和一张纸条，上面写着："他不是故意的，请行行好。"

"可怜的孩子，"康斯坦丝一边把鸡蛋装进一个碗里，以便放入冷藏箱，一边说，"他现在大概正躲在床底下。"

"可能他吃了好一顿鞭子，教他懂礼貌。"

"我们明天早饭吃煎蛋卷。"

"假如有机会的话，我想知道我能否吃一个小孩。"

"我恐怕不会做这个。"康斯坦丝说。

"可怜的陌生人，"我说，"他们要害怕的事情太多了。"

"咳，"康斯坦丝说，"我害怕蜘蛛。"

"我和乔纳斯会小心，不让任何一只蜘蛛靠近你。哦，康斯坦丝，"我说，"我们是如此幸福。"

Shirley Jackson

We Have Always Lived in the Castle

图书在版编目(CIP)数据

我们一直住在城堡里 / (美)雪莉·杰克逊
(Shirley Jackson) 著；金逸明译. — 上海：上海译
文出版社，2024. 6. — ISBN 978-7-5327-9461-4

Ⅰ. Ⅰ712. 45

中国国家版本馆 CIP 数据核字第 20242Z41D8 号

我们一直住在城堡里

[美]雪莉·杰克逊 著 金逸明 译

特约策划/彭伦 郭歌 责任编辑/徐珏 封面设计/黄绘江

上海译文出版社有限公司出版、发行
网址:www. yiwen. com. cn
201101 上海市闵行区号景路 159 弄 B 座
上海市崇明县裕安印刷厂印刷

开本 889×1194 1/32 印张 6.25 插页 2 字数 104,000
2024 年 6 月第 1 版 2024 年 6 月第 1 次印刷
印数:0,001—6,000 册

ISBN 978-7-5327-9461-4/Ⅰ·5918
定价:59.00 元